そして誰もいなくなるのか

And then there will be none?

小松立人
Komatsu Tahito

東京創元社

そして誰もいなくなるのか

二月七日　金曜日　午後八時

すっかり暗くなった寒空は、今にも降り出しそうな気配を漂わせている。天気予報では今日明日の降水確率は零パーセントだったが、ここ数日の天候を思い返してみれば、それもあまり当てにはならないだろう。

小松立人《こまつたひと》は傘を持ってこなかったことを後悔しつつ、必要になればどこかで買えばいいと思い直す。それに今日は徒歩で移動することはほとんどないだろうし、明日の作業を考えれば、傘よりもレインコートの方がいいかもしれない。

こんな空模様は、どう表現したらいいのだろう。曇天というだけでは、あまりに芸がない。泣き出しそうな空というのも、手垢がつきすぎているし、今の自分の心境に相応《ふさわ》しいとは言えない。

しばらく考え込んだが、なかなかこれといった表現が出てこない。

小松は厚手のコートの襟をかき合わせ、自分の表現力の貧困さに改めてため息をついた。まだまだ修業が足りない。十年以上もやっていて、これでは先が思いやられる。そんなことを考えながら空を見上げていたせいか、小松は目の前に車が停車したのに全く気づかなかった。

短くクラクションが鳴り、小松は顔を向けた。高級セダンのウィンドーから安東達也《あんどうたつや》が顔をのぞかせている。

小松はあわてて待ち合わせ場所であったコンビニ前のベンチから立ち上がり、助手席のドアを開けて車に乗り込んだ。

「考えごとか？」

「まあな」問われた小松はシートベルトを締める。「職業病だよ」

職業病というほど大げさなものでもない。小松は思わず張ってしまった見栄に、内心で恥じ入った。

安東がギアをドライブに入れアクセルを踏み込むと、車はほとんど音もなく、緩やかに動き出した。

安東の様子は普段と変わりないが、彼の妻が死去したのはつい三日前だ。葬式には小松も出席し、その時には会話を交わすことはなかったが、顔は合わせている。

しかし、安東は葬式の話に触れることなく、車を進ませる。そうなると、もともと多弁でない小松にも、特に掛ける言葉が見つからない。

「聞いてると思うけど、田村《たむら》の家に寄るぞ」

小松は小さく頷《うなず》いて、流れる窓の外の景色に目を向ける。

「髪、かなり短くしたな。そっちの方がいいぞ」

「ああ、ありがとう」

小松が長年伸ばしていた髪をばっさり切ったのは昨日である。大学時代からずっと倹約のために髪を後ろで束ねて過ごし、時々自分で切っていた。しかし、これからしばらくは金の心配はない。理髪店ではなく美容院に行ったのは、生まれて初めてだった。

「五百万の使い道は考えたか？」

例年繰り返される、それも今年が最後になるであろう質問を、安東は会って早々に口にする。しかし、彼の口調は返答に興味があるようには感じられない。気詰まりな二人きりの空間を埋めるためだけに、定型文的に発せられているようだ。

「まだだ——、というより具体的にはない。僕は安東ほど暮らしに余裕はないし、何のためにということもなく、おそらく日々の生活費で消えていくよ」

小松は毎年繰り返している答えを返す。

しかし去年までとは違い、本当は小松には考えている使い道があるのだが、あえてこの場では黙っていた。

安東は小さく鼻で笑う。

「俺だって、そんなに余裕があるわけじゃない」

それなら、どうやってこんな車が買えるんだ、小松は思うが口には出さない。さっきまでの妻を亡くしたばかりの彼に対するほのかな同情心は消え、普段は押さえ込んでいる嫉妬心が沸き起こる。

そんな変化を機敏に察したのか、安東は言葉を続けた。

「俺は実家が小金持ちなだけで、俺自身は普通のサラリーマンだ。収入なら、おそらく俺よりも自営業の田村の方が上だよ。それよりも、小松みたいに夢を追いかける生活の方が、俺にはよっぽど羨《うらや》ましい」

安東の実家はどう考えても、小金持ちのレベルではない。しかし、お世辞かもしれないがそう言われると小松もまんざら悪い気はしなかった。

小松はミステリ作家である。いや、作家というのはおこがましく、正確にはミステリ作家志望だ。

大学在学時、著名なミステリ作家が編者を務める、素人公募の本格ミステリアンソロジー企画があった。当時から趣味でミステリを書いていた小松はそれに応募し、幸運なことに採用され、アンソロジーの一編として文庫本で出版されたのだ。気をよくした小松は、就職せずに専業作家を目指す道を選んだ。その後は執筆に専念し、何度か新人賞の最終選考には残ったものの、ここ数年は一次選考通過が関の山といった体《てい》たらくである。

現状では何とかできた細いツテをたどり、地方新聞のコラムなどを不定期で執筆させてもらってはいるが、当然、文筆だけで生活できるわけもなく、アルバイトを掛け持ちしてようやく生計を立てている。人に職業を訊《き》かれても、とても文筆業とは言えず、いつもフリーターと答えていた。それどころか、バイト先を含め、ここ数年に知り合ったほとんどの人たちには、小説を書いていることすら言っていない。

会話が弾《はず》まないまま車は進み、十五分ほどで田村悟士《さとし》の自宅にたどり着く。

「俺は田村の家に来るのは初めてだ」

　安東が言うが、小松も田村の自宅に来るのは初めてだ。田村から自宅兼事務所だと聞いていたが、外観から判断すると、二階建ての一階を事務所、二階を住居として使用しているようである。建物に併設した屋根付き駐車場には、仕事用であろうトラックと、自家用だと思われる国産セダンの二台が停められていた。

　田村はすでに外に出て、セダンにもたれて立っていた。暖色系のコートの下はネルシャツで、デイパックを背負っている。髪も茶色く染めているし、まるで学生のような風貌だ。すぐにこちらに気づき、いじっていたスマホをズボンの後ろポケットに押し込んで、手を上げる。

「いやー寒い寒い。寒がりの俺にとって、この気温は命に関わる。小松、後ろに移動してくれ。エアコンにあたりたいし、俺は車酔いしやすいんだ」

　今日は曇っているせいか、そこまで気温も下がってない。それに目的地である安東のマンションまではおそらく十分もかからないだろうし、ましてや車酔いするような整備されていない道でもない。しかし田村の傍若無人《ぼうじゃくぶじん》な振る舞いは、いつものことだ。小松も長年の付き合いで、今さら気にもならない。それに安東に気をつかう気詰まりな助手席より、後部座席の方が落ち着くともいえる。

　小松はシートベルトを外し、後部座席に移動する。

「お前ら、金は何に使うんだ？」

　乗り込む早々、田村は安東と同じ質問をする。

小松は先ほどと同じ答えを返したが、田村はその答えが終わるのを待たずに、

「安東はどうする？　墓でも建てるのか？」

センスのない自分のジョークに、笑い声をあげた。安東はニコリともせずに、墓はもうあるよ、と答える。

「そうか、まあ何にせよ大変だったな。何か俺にできることがあったら言ってくれ。五百六万五千円ぐらいなら、貸してやるぞ」

田村は再び自分のジョークに、さもおかしそうに笑う。人を食ったような態度はいつものことだが、今日は普段以上におどけているようにも見える。もしかしたら、それが田村なりの思いやりで、妻を亡くしたばかりの安東を気づかっているのかもしれない。

もしくは単に明日の大仕事を考えて、興奮しているだけなのか。

そうこうしているうちに、車は安東のマンションに着いた。車を地下駐車場に入れ、三人はエレベーターに乗る。安東は四十二階のボタンを押した。

目的階でエレベーターを降りて、ホテルのようなタイルカーペットの敷かれた廊下を抜けて安東家に入ると、田村は口笛を吹く。

「毎年言ってるような気もするけど、相変わらず凄い部屋だなぁ」

田村は家主に断ることもなく、勢いよくリビングのカーテンを開けてソファーに身体を投げ出した。

四十畳と聞いたリビングからは、都心が一望できるどころか、遠くには東京湾までもが望め

る。綺麗好きの安東らしく、リビングにはソファーやテーブルなど、必要最低限の家具以外に物はほとんどない。

それ以外には、今日泊まっていく小松たちのために、三組の布団《ふとん》が隅に積まれているだけだ。

「このマンション、余裕で億は超えるだろ。全く羨ましい限りだ」

安東は応えることもなく、業務用かと見紛うばかりの大型冷蔵庫から取り出した缶ビールを田村に手渡す。

田村は礼も言わずにプルタブを開けて口をつけた。安東は小松にも缶ビールを渡し、

「いつものように冷蔵庫は勝手に開けていいから、次からは自分で出してくれ。空き缶はそこのゴミ箱に」

とテーブルの横のゴミ箱を指さしてから、缶ビールを一息に流し込む。

葬式で顔を合わせはしたが、三人がちゃんと会話を交わすのは一年ぶりだ。その後はしばらく本題とは関係ない近況報告的な話題が続く。小松以外の二人も肝心な話は、もう一人の参加者である三宅正浩《みやけまさひろ》が来て、四人全員が揃ってからと思っているのだろう。

三宅待ちの時間に、前座のように話題を提供していたのは、主に田村である。

葬式の時にも気づいていたが、もともと色黒だった田村は以前にも増して焼けていた。年末は趣味のフリーダイビングのツアーで、自分の誕生日祝いもかねて一人でハワイに行ったそうだ。ハワイの大会では、素潜《すもぐ》りで四十メートルの深度を記録したという。これは田村の最高記録で、今月十七日に沖縄の宮古島《みやこじま》で行われる大会にも出場する予定で、再度の記録更新を目指

して最近は週に三、四日もスポーツクラブでトレーニングを積んでいるそうだ。

また明日の晩からは、仕事で香港《ホンコン》に行くという。

プライベートの目標もある上に、仕事も充実しており、フリーターの小松からすれば羨ましい状況である。

田村は数年前の父親の他界をきっかけに、脱サラして家業の食品卸売業を継いでいる。従業員を雇わず一人で経営しているそうだが、どうやら景気はいいらしい。

そんな他愛もない話のさなか、

「あっ、あれ?」

と田村がいきなり声をあげた。

「どうした?」

田村は立ち上がって、上着やズボンのポケットに手を入れる。続いて、傍《かたわ》らに置いてあったデイパックを探りながら、

「ヤバい、マジでヤバい。仕事の電話が掛かってくるかもしれないのに、スマホを家に忘れてきた。

――いや違う、家を出る時は、間違いなく持っていた。ズボンの後ろポケットに入れてたから、多分、車のシートに落としてきたんだ。取りに行ってくる。安東、キーを貸してくれ」

安東が立ち上がって何本目かのビールを冷蔵庫から出すついでに、カウンターに置いてあった車と家の鍵のついたキーホルダーを田村に手渡す。田村はそれを受け取ると、急ぎ足で部屋

を出て行った。

そして、ほんの五分ほどで戻ってくる。

「よかった、よかった。マジで焦った。家まで取りに帰らなきゃいけないかと思った」

田村はほっとした様子でソファーに腰掛け、テーブルにスマホを置いた。

「それにしても――、安東は潔癖症のくせに、車は結構汚いよな。よく見たら、ダッシュボードにうっすら埃が積もってたぞ。あれって去年、モデルチェンジされた新車だろ？　せっかくの高級車が泣いてるぞ」

「家に来た人間にはよく誤解されるが、俺は別に潔癖症じゃない。休みの日なら一日二日風呂に入らなくても平気だし、バスタオルも一週間ぐらい換えなくても気にならない。でも何故《なぜ》だか自分でも分からないが、部屋が汚いのは嫌なんだ。自宅は、清潔で整頓されていないと我慢できない。

その缶もお前ならとっくに空いてるだろ。さっさとゴミ箱に捨てろ」

「まだ入ってるよ」

田村は苦笑いを向けて、ビールの缶を持ち上げる。田村にしては、いつもよりペースが遅い。

その時、インターフォンのチャイムが鳴った。

「多分、三宅だ」

安東はインターフォンの画面で三宅を確認し、エントランスのオートロックを解除した。入口のチャイムが鳴る前に玄関まで迎えに出て、三宅を連れて部屋に戻る。小松達が安東家を訪れてから三十分程度が経過していたが、これで全員集合したことになる。

「すまない、遅れた」

仕事帰りであろう、三宅はスーツ姿だ。コートハンガーにコートを掛け、田村の隣に腰掛ける。安東が缶ビールを手渡すと、受け取ってネクタイを緩めた。

「これで全員揃ったな」

一息ついた頃合いを見計らって、安東が腰を上げる。そして改まった表情で口を開いた。

「みんな久しぶりだな。

いや、みんな昨日の妻の葬式に来てくれてたか。慌ただしくてちゃんと話はできなかったが、ありがとう。みんなそれぞれ忙しい中、時間を取らせて申し訳なかった」

安東は小さく頭を下げ、皆もそれに続く。

「まあ真知《まち》は亡くなってしまったが、一年も前に余命宣告されてたし、覚悟は十分できていた。その時にはあと三ヶ月の命だと言われたが、一年も保《も》ったんだ。ある意味、長生きしたとも言える。

それに医師の話によると、真知は朝食を取った八時過ぎに眠るように旅立ったそうだ。急なことで、誰も立ち会えず、たった一人で逝かせたのは心残りだが、最後は苦しまずに旅立てた。それだけでも、よかったと思ってる」

しんみりした空気が漂う。さすがに皮肉屋の田村も、口を挟まない。田村はあけすけにものを言うようで、意外に場の空気を読んでいる。

そんな雰囲気を取り払うためか、安東は今までより少しだけ声を張った。

「だが、みんなも知ってるように、今日の主題はそんな話じゃない。葬式も終わったんだし、暗い話はここまでだ。

今日はあくまで前夜祭なんだから、楽しくやろう。冷蔵庫のビール以外にも、ワインやウィスキーも買ってある。今日は大いに飲もう」

安東はテーブルの上の缶ビールを手に取り、一同もならう。

「それじゃ、あえて言わせてもらう――。乾杯」

四人は缶ビールを合わせた。

一息ついて、田村が最初に口を開く。

「ところで、安東。大いに飲むのは結構だが、今日、浩一《こういち》君はどうしてる？」

「真知の実家で預かってもらってる。今日だけじゃなく、真知が入院してからは、ずっとそうだ」

「やっぱり、今でも折り合いが悪いのか？」

「まあな。どうやら、アイツは俺が嫌いらしい」

安東は自嘲するように苦笑いをもらす。小松は三宅の表情をこっそりうかがうが、特別な変化は感じられない。

「葬式の時に見かけたが、かわいい顔をしてると思うけどな」

「容姿は関係ない。愛想がないいんだよ。

真知との結婚期間は入院を差し引いたら、実質一年にも満たない。そんな短い同居生活じゃ、アイツは俺に全く懐かなかった。それに俺もアイツがどうこうじゃなく、もともと子供自体がそんなに好きじゃない。

色々あったんで、一時期は真知も両親とギクシャクしてたが、最近ではかなり和解してた。多分、浩一はこのまま真知の両親に引き取ってもらうことになるだろう。その方が、お互いのためだ。

それよりも三宅、せっかく紹介してくれた真知を、幸せにしてやれなくてすまなかったな」

「そんなことまで、俺は関知しない。俺は安東に、パートナーとして彼女を紹介したわけじゃない。あくまで彼女の就職活動のために、引き合わせただけだ。

それに俺も一度だけ見舞いに行った時、彼女から安東との結婚生活は短かったが楽しかったと聞いたぞ」

「どうだかな、まあそうしとこう」

安東の妻の真知は、もともとは三宅の教え子であった。

三宅は大学生のころ、高校生の真知の家庭教師をしていたのだが、真知の高校卒業後も年に数回会う程度の交流は続いていたという。

その後、大学在学中に妊娠した真知は、卒業とほぼ同時に未婚のまま出産し――小松は詳細を聞かされていなかったが、父親は真知の大学の同級生だという――、職探しの相談を受けた三宅が、幼子を抱えた真知を安東に紹介した。

真知は安東の口利《くちき》きで、当時は安東の祖父が社長であり、父が東京支社長であった会社で事務員として働き出した。その後、二人は恋愛関係に発展し、真知が父のいない浩一を連れて安東と結婚したのは二年前である。

安東ともうすぐ六歳になる浩一は、結局養子縁組をしなかったそうだ。

「相変わらずクールだねぇ。しかし、これで気ままな独身貴族に逆戻りだな。都心のこれだけのマンションに一人暮らしなら、バツイチとはいえ引く手あまただろう」

田村の軽口に安東は言葉を返さず、再びビールに口をつけた。

「三宅は仕事は忙しいのか？」

田村が今度は三宅に訊ねる。

「それほどでもない」

「嘘つけ」安東が即座に口を挟む。

「例のプロジェクトに参加している三宅なら、一段落つく今月末まで寝る暇もないはずだ」

言われてみれば、三宅の顔には若干の疲れがみえる。

安東と三宅は同じ建築設備会社に勤めている。前回会った時に、安東が、三宅は自分とは違い、有給休暇もほとんど取らず仕事に励んで成果を上げている。社内でも一目置かれる、若手のホープだと言っていた。

三宅は昔から頭も切れるし何事にも熱心だと知っているため、その評価に小松も納得していた。

「で、明日だが、予定どおり掘り出すということで異存はないな？」

いよいよ三宅が今日の本題に入ろうとした時、スマホの電子音が鳴った。

田村が慌てて、スマホを取り出す。

「はい、田村です。いつもお世話になっております。もちろん準備できております、ありがとうございます。それぞれの納期？　ええ、大丈夫ですよ」

仕事の電話らしい。田村はスマホを肩に挟みながら、自分のデイパックからタブレットを取り出し、手早く操作する。

「問題ありません、すべて予定どおり手配済みです。えっ、変更？　いえいえ、可能ですよ。今ですか？　はい――、少々お待ち下さい」

田村はスマホを耳から離し、マイクの部分を指で押さえて安東に問いかける。

「すまん、仕事だ。三十分、いや二十分ぐらい中座させてくれ。

安東、タブレットで作業をしながら話したいんで、空いてる部屋を貸してくれ」

「前から言ってるだろ」安東は軽く眉をひそめる。「他人にはこのリビングとトイレ以外には、入って欲しくない。悪いが一階のエントランスに来客用のソファーとテーブルがあるから、そっちでやってくれ」

田村は頷き、特に気を悪くする素振りも見せず、電話に戻る。

「もしもし森山《もりやま》課長。お待たせして、申し訳ありません。すぐお伝えしますので、二、三分お時間をいただけますでしょうか。はい、こちらからすぐ折り返します」

田村は電話を切って立ち上がる。

「そのスペースは誰でも使えるのか?」

「使える。覚えてないか? 三、四年前くらいに集まった時にも、三宅が仕事で、そこを使っただろ」

田村は曖昧《あいまい》に頷いてから、タブレットをデイパックに入れた。

「青年実業家は大変だな」

揶揄《やゆ》するような三宅に、

「なあに、エリートビジネスマンほどじゃないさ」とドアに向かい、

「ということで、すまんがちょっとだけ抜ける。

ああ、俺としては明日は予定どおりで構わない。掘り出して、四等分だ。それと俺の分のビールは残しておけよ」

田村はそう言い捨てて、早足で出て行った。

「なかなか本題に入れないな」

安東が苦笑いをする。

「みんな忙しいんだね」

小松は思わずつぶやいた。

あれから十年が経過している。当時はみんな学生だったが、それぞれが違う環境で十年を過ごし、違う立場についた。

四人は通常の友人ではない。なので、頻繁《ひんぱん》な交流はなかった。しかし、この十年、年に一回は確実に顔を合わせていたので、小松も三人の現状は把握している。

田村は父親を亡くし、会社を継いだ。

安東は父親から生前贈与を受けマンションを購入し、結婚し、乳癌を患った妻の看病をして看取ったばかりだ。

三宅は三十過ぎにして、大企業でエリートコースに乗っている。

三人とも幸も不幸もあるが、何かしらの変化や成長を遂げ、大人として前進している。それに対して、その間に自分は何をやっていたんだ。友人たちに比べ、何も成長していない。成長はともかく、少なくとも、ほとんど何の成果も生み出せていないことは間違いない。

苦さを嚙みしめながら、小松は四人が知り合った十年前を思い返していた。

当時、小松は大学の四年生だった。あまり人付き合いがいい方ではなく、サークルにも所属しなかったため、学内に顔見知りはいても、友人と呼べる人間はほとんどいなかった。しかし、人間関係に煩《わずら》わされず、思いっきり趣味の読書ができる環境を、小松自身は好ましく感じていた。

ただ、高校の同級生の田村とは――属していたグループも違い、会えば挨拶を交わす程度の関係だったが――たまたま同じ大学の同じ経済学部に入学したため、時々は学食で一緒に昼食を取る関係になっていた。

もっとも、内向的な小松と違い、田村は誰にでも気後れせずに話しかける外向的な性格で友人も多い。テニスサークルに所属し、誘われたコンパには欠かさず顔を出すといった典型的な大学生生活を満喫していた。なので周囲からは、小松と田村が特に親しいとは認識されていなかった。

九月のある日、二人は学食で昼食を取っていた。三限が始まっているからか人はまばらだ。約束をしていたわけではなく、いつものように一人の小松を見つけ、たまたま相手のいなかった田村が暇つぶしとばかりに、相席してきたのだ。

「で、結局、就職はしないのか？」

田村がたらこパスタを頬張りながら訊ねる。

「しない、もう決めた」

「スゲーな、マジで食えるのか？」

「わからない。取りあえずはバイトで食いつないで、何とか作家として食っていけるよう、がんばるよ」

小松は卒業に必要な単位を最低限取得しており、卒論の提出を残すのみでほとんど卒業は決めていた。しかし、就職活動はせずミステリばかり書いていた。

入学当初は学生デビューを目標にしていた。幸運なことに、自作の短編がアンソロジーの一編として出版はされたものの、どうやらデビューまでは無理なようだ。しかし卒業後はアルバイトで生計を立て、将来は専業作家として生きていこうと決めていた。もっとも両親からは、いまだに就職するよう説得は受けていたが。

　一方の田村は持ち前の要領の良さで、早々に大手商社から内定をもらっていた。

「俺はミステリは読まないけど、ああいうトリックって、どうやって考えつくんだ？　いいかげんトリックも尽きてくるだろうし、日常生活で犯罪のトリックに参考にできそうなことなんて、滅多にないだろ？」

「確かにそうだけど、たまには生活の中で、参考になることもあるよ。そういうネタを頭の中で発展させるんだ」

「ネタってどんなの？」

　言われて、小松は先日アルバイト先で聞いた話を田村に語る。

　小松はアルバイトで小学三年生の男の子の家庭教師をしている。その子は両親と祖母の四人暮らしで、父親が事業で成功した、かなりの資産家である。

　その子が言うには、祖母が巨額のタンス預金をしているというのだ。

「それって、いくらぐらい？」

「詳しくは聞いてない。ただその子の話からすると、数千万円にはなると思う。

　父親は月百万円以上も自分の母親に小遣いとして渡しているらしい。だけどそのお婆ちゃんは若い頃に苦労したせいか倹約家で、自分の息子夫婦には内緒で、そのほとんどをタンス預金することを、もう十年近く続けているそうだ。

　正確にはタンスではなく、押し入れの段ボール箱らしいけどね。

で、そのお婆ちゃんは、そんなに重度ではないらしいけど、多少認知症が始まっていて、自分がいくら貯めているのか把握していないらしい。だったら、たとえば誰かが忍び込んで、その金の一部だけ持ち出しても、バレないかもしれないってことだ」

「おい、すごいじゃないか。こっそり行って、二、三百万もらって来いよ」

「冗談言わないでよ。もし事件が発覚したら、僕なんて真っ先に疑われる。家庭教師の大学生なんて、定期的に家に出入りしてる部外者の代表みたいなもんなんだから。

確かに、その家はリフォームこそしているけど、もともとは築数十年の日本家屋だから、最近の新築住宅よりも侵入路は多いかもしれない。しかも、父親はまさか自分の母親がそんな大金をこっそり貯めてるとは思ってもいないから、民間の警備会社とは契約してない。

その意味では打って付けだけど、そのお婆ちゃんは足腰が弱ってるから、ほとんど外出しないし、専業主婦の奥さんも大抵家にいる。

旅行もほとんどしないそうだから、全員が留守にするタイミングは滅多にないだろうし、荒っぽい手段を取るつもりがないなら、留守を見計らって盗むのは、ほぼ不可能だよ」

「なるほど。難しいもんだな」

「現実に盗むのは不可能だし、これだけじゃミステリのネタとしては弱い。だけど何とか発展させて、小説にできないかと考えてるんだ」

「というか、そんな金持ちが本当に実在するんだな。その父親は、何をしてる人だ？」

「詳しくは知らない。確か建設用資材のメーカーで、建物に塗る塗料か何かを製造してたはずだけど――」

「それって、コンクリート防水塗装材の柏谷《かしたに》さんじゃないか？」

小松は後ろからいきなり声を掛けられて驚く。

振り向くと、後ろの席に学生らしき二人の男性が座っている。

「あれ？　三宅じゃないか」

田村がその一人に言うと、三宅と呼ばれた男性は片手を上げた。声を掛けてきたのは、その三宅だったようだ。三宅は続けて、

「今の話って、柏谷高視《たかし》さんじゃないのか？」と再び小松に訊ねる。

「確かに、僕が家庭教師をしてる家は柏谷さんだけど、父親の下の名前までは知らない」

「じゃあ、間違いなく柏谷高視さんだ。この近所でコンクリートの塗装材を扱っている資産家なんて、そう何人もいるわけがない。

なあ安東、柏谷さんだよな」

三宅は連れの男性に問いかける。

「まあそうだろうな。確かに柏谷さんちは、四人家族で家族構成も同じだし」

安東と呼ばれた連れの男性は怪訝《けげん》そうに肯定する。それを受けて三宅は満足そうにしばらく考え込んでから口を開く。

「俺は三宅、三宅正浩だ。帝都大学の四年生で、こいつは同級生の安東。田村と俺とは、テニ

スサークルの学外対抗戦で何度か顔を合わせた」

田村は小さく頷く。

帝都大学は小松たちの通う関東大学の近隣の大学である。サークルに所属していない小松は詳しくは知らないが、同種のサークル間では頻繁に交流があるそうだ。

「で、そっちの彼は？」三宅は小松に視線を向ける。

「こいつは俺の同級生の小松だよ。高校から一緒だ」

田村が小松の代わりに答える。

三宅は再びしばらく考え込んでから、先ほどよりも小声で口を開く。

「小松君、さっきのタンス預金の話、今までに誰かに話したか？」

「いや、誰にもしてないけど……」

「田村、小松君、相談がある。ちょっと付き合ってくれないか」


四人は大学から歩いて十分の安東のマンションに集まった。安東の通う帝都大学までも、徒歩五分の距離だ。小松は午後の講義もあったが、三宅の話に興味をそそられた田村に、強引に引っぱってこられた。

安東の部屋は、同じ大学生の一人暮らしなのに、小松のアパートとは何もかもが違う。大学まで近いだけでなく、最寄り駅までも数分の距離だ。３ＬＤＫだそうで、他の部屋は見ていないが、十二畳ほどのリビングは、高級感のあるフローリングが光沢を放っている。一人暮らしなのに週に一回ハウスキーパーに掃除を頼んでいるそうで、綺麗に片付けられており、観葉植物までが置いてある。

このマンションだけで、おそらく小松の実家よりも余裕で広い。さらに、大学生にも拘《かか》わらず、安東は駐車場に自分専用の車も保有しているらしい。どうやら安東の家はかなりの資産家のようだ。

その上、帝都大学は、小松の通う関東大学に比べて偏差値は十以上も上である。小松はあまりの違いに、ため息をつく。

フローリングの床に敷かれた高そうなラグマットに四人で座る。部屋の高級感を全く気にかけていないのか、初対面にも拘わらず三宅が気安げに話しだした。

「改めて、俺は三宅正浩だ。安東と同じ帝都大学の四年生で、安東の親父さんが東京支社長を務めている建設会社で、時々アルバイトをしている。今日もバイトの打合せで。あそこで昼飯を食ってた。関東大学のラーメンは絶品なんでな。そのバイトの関係で柏谷さんとも二、三回会ったことがあるが、多分、向こうは俺なんて覚えてないと思う。

ただ安東は、柏谷さんと家族ぐるみの付き合いがある。そうだよな?」

三宅の問いかけに、安東は頷く。一体何が言いたいのか、小松の理解が追いつかない。

「一応言っておくが、俺は建設会社で作業員のバイトをしてるからって、苦学生というわけじゃない。そして安東は超金持ちだ。

こいつは父親が東京支社長なだけじゃなく、お爺さんが経営者だ。それも、そんじょそこらの会社じゃない。こいつの家は、日本でも五本の指に入る有名な建設会社だ。二人も安東建設って名前ぐらい、聞いたことがあるんじゃないか」

安東建設は、関西に本社を置く巨大ゼネコンでテレビCMもよく見かける。大学生の息子が、東京の豪華なマンションで、一人暮らしをできるのも納得だ。

「おい、そんなこと関係ないだろ。三宅はいつも……」

いつも家業について言われるのに辟易《へきえき》しているのか、安東は顔をしかめる。三宅は安東の不満を遮《さえぎ》って、

「いや、今回は安東の金持ちいじりの話じゃない。安東が金持ちなのを二人に説明したのは、重要な意味がある。

で、初対面同然の君たちにこんなことを訊くのは気が引けるけど、これから話すことに、重要だから正直に教えて欲しい。小松や田村は今、金に困ってるか？」

小松は不躾《ぶしつけ》な質問に困惑したが、田村は気にも掛けないように即答する。

「困ってるぞ。就職も決まったし、豪勢な卒業旅行に行きたいけど先立つものがない」

「いや、そういうんじゃない。借金があったり、生活苦だったりしないか？」

「そこまでじゃない。まあうちは、母親は俺が顔も分からない赤ん坊の頃に死んで、親父と二人の父子家庭だ。女手のない不便はあるけど、幸い親父は自営業で生計を立てられているし、特に金銭的に切迫してるというほどではない」

「小松はどうだ？」

「僕は卒業後はフリーターだし、実家も裕福じゃない。でも僕はお金のかかる趣味もないし、普段からあまり贅沢しないから、貧しいというほどではないよ」

「二人とも借金はないか?」

二人は頷く。

「奨学金も含めて、借金はないんだな?」

二人はそろって再び頷く。

「田村と小松は高校からの同級生だそうだが、親しいのか?」

「まあ、学内で会えばちょっと話したり、学食で昼飯を食ったりする程度だな」

「一緒に遊びに行ったり、飲みに行ったりはしないのか?」

「そこまではないかな。なあ?」

小松も頷く。二人の反応に三宅は満足そうだが、小松には趣旨が全く理解できない。田村や安東も、同様のようだ。

「一体、何の話をしてるんだ?」

三宅は安東の質問には答えずに黙り込む。しばらくしてから、やっぱり理想的な状況だ、とつぶやいてから話を続ける。

「安東の家は裕福だし、俺たち三人も困窮してない。

で、俺たち四人の関係性だが、小松と田村はそう親しくない大学の同級生。

田村と俺は大学も違うし、サークル活動で二、三回顔を合わせた単なる顔見知り。

俺と安東は同じ大学で同じ工学部だが、学科もサークルも違うし、学内でそんなに口を利くこともない。

俺と安東が知り合ったのは、俺が安東の父親の会社でバイトを始めてからだ。学内には、俺と安東が知り合いだと認識している人間は、ほとんどいない。

小松と田村、田村と俺、俺と安東、それぞれが互いにそんなに親しくもないし、それ以外は今日までお互いを知らなかった。

そして、小松は柏谷さんの息子さんの家庭教師で、安東の実家は柏谷さんの家と仕事での付き合いがあって、その上、家族ぐるみの付き合いもしている」

小松には三宅の意図が、徐々に分かってきた。胸が高鳴る。

「つまり、何が言いたいのかというと」

小松は唾を呑み込む。

「安東が、柏谷さんが一家で外出するタイミングを調べる。小松が当日に、どこかの出入り口の鍵をこっそり開けておく。その後、俺と田村でタンス預金を盗みに入っても、誰も気づかないってことだ」

「いやいや、冗談だろ。無理だって。そんなに上手《うま》くいきっこない」

小松には三宅の真剣さが、冗談を言っているようには思えなかったが、田村は大きくのけぞって笑う。

「田村の言うとおり、そんなに上手くいくわけがない。しかし、それこそがこの計画の最大のポイントだよ」

小松には田村の反論は的確だったと思えたが、三宅はそんなことは織り込み済みだとばかりに満足げに頷く。

「さっきも確認したが、俺たちは誰も金に困ってるわけじゃない。つまり、急いでこの計画を実行する必要はない。実行に最適な条件が揃わなければ、実行しなくても、何の問題もない。そして実行しても、上手くいかなければ、途中で中止しても全然かまわない。

例えばもし、安東が調べてきた日に不測の事態が生じて、予定外に誰かが家にいればその時点でやめればいい。誰もいなくても、もし前もって小松が開けておいた鍵が、その後誰かに施錠されていたら、それでやめていいんだ。

この計画は完璧ではない。しかし逆に言えば、奇跡的に上手くいく状況が整った時だけ実行すればいい」

三宅の言葉に、小松の胸はよりいっそう高鳴る。

「この計画のもう一つの長所は、誰にも迷惑を掛けないことだ。

安東の家ほどではないが、柏谷さんも大金持ちだ。数百万から数千万円ぐらいの金がなくなったところで困らないだろう。

それに小松の話が正しければ、お婆ちゃんは自分が貯めてる金額を把握していない。要は、誰も正確な金額を把握していない。

小松も言っていたように、貯めてる金額の一部、俺の感覚では、最大でも三分の一程度ぐらいまでしか持ち出さなければ、迷惑を掛けるどころか事件は被害者にも認識すらされない」

「それは楽観論だよ」

思わず小松が口を挟む。しかし意見をするのは、自分がこの計画を真剣に検討しはじめている証拠でもある。

「僕の教え子は、お婆さんは認知症で貯金額を把握していないと言ってたけど、それが本当の話かは分からない。

僕はお婆さんと何度か顔を合わせてるけど、認知症の兆候を感じたことは一度もない。お婆さんは、もしかしたら貯金額をちゃんと記憶していて、それが減ったらすぐ気づくかもしれない。

そうなったら、真っ先に疑われるのは僕だ」

「だから、小松は実行部隊には参加しない。安東も同じ理由で不参加だ。あくまで実働は、俺と田村がする。

さっきも言ったが安東は、柏谷家が揃って外出する日を調べる。小松は、その日に前もってどこかの鍵を開けておく。二人のすることは、ただそれだけだ。俺たちが実行する時に二人は、それぞれ別個に鉄壁のアリバイを作っておいてくれ。そうすれば、万が一事件が発覚しても、二人は疑われない。

俺と田村は、その時間に柏谷家を訪ねて誰か在宅していたら、道でも訊いて退散する。予定どおり留守なら、小松が開けておいた出入り口を確認して、施錠されていたら撤退。開いていたら侵入する。

で、押し入れを調べて、現金がなかったり、あっても少なかったり、金額が記録されているようであれば撤退。

目論見どおり大金があって、金額が記録されてる様子もなかったら、バレない程度の額だけ持ち帰る。

あと、今思いついたが、小松が前もって開けておいた侵入口は、引き揚げる前に施錠しておいたほうがいいな。その上で、小松が普段は入らない別の所の鍵を開けて、そこから逃走する。そうすれば、犯行が発覚しても侵入経路もそこだと思われて、小松が前もって鍵を開けたと疑われる可能性は減少する」

三宅はかなり頭が切れる。聞けば聞くほど、小松にはこの計画が完璧に思えてきた。しかし、そうなると問題は四人の信頼関係だ。

同じことに気づいていたのか、それまでほとんど口を挟まなかった安東が指摘する。

「確かに、その計画は成功率が高いように思える。だが、問題は俺たちがお互いを信用できるかだ。何しろほぼ初対面なんだし」

「もちろんそうだ」

三宅は動じない。どうやら想定内の質問だったようだ。

「この計画のもう一つの利点は、俺たち四人の関係性が希薄だということだ。希薄であればあるほど、計画のキーマンである柏谷家の予定を知ることができる安東と、柏谷家に出入りする小松との繋がりが浮かび上がる可能性は低くなる。

しかし、裏を返せば、関係性の希薄なメンバーには信頼関係が生まれにくい。だから最初に、みんなの経済状況を確認した。その結果、このメンバーで金に困っている者はいないと分かった。

それを踏まえて、俺の方からこの計画を実行する条件を提案したい。

盗んだ金は少なくとも数年、できれば用心に用心を重ねて十年ぐらいはどこか安全な場所に保管して、使わないでおこう。俺の目的は金じゃない。前もってその条件を呑めるメンバーが実行すれば、メンバー間の金銭トラブルはある程度防げるはずだし、計画を実行した後に発覚するリスクも低くなる。

それともう一つ、実行するなら全員参加が絶対条件だ。この計画にはキーマンである安東と小松さえ参加すれば、実行部隊は一人で十分だ。最大でも数千万の金の運搬は、一人でも問題ない。俺が参加するなら、田村の参加は必要ない。

もっと極端に言えば、多少リスクは上がるが、安東と小松だけでも実行可能だ。

しかし、計画を考えたのは俺だし、田村もすでに計画を聞いた。秘密を知っている人間が、計画に参加しないなら、秘密が漏洩するリスクが格段に高まる。

だからもし安東や小松はもちろん、田村が参加しないなら、俺も参加しない」

「言い分はよく分かった。話を聞く分には、俺にも三宅の計画は成功率が高いようにも思える。その上で一つ聞かせてくれ。

どれだけ成功率が高いように思えても、ことは犯罪だ。犯罪である以上、想定外の事態が発生して、どんな完璧な計画だって、破綻《はたん》するリスクはある。

三宅は目的は金じゃないと言った。じゃあ何のために、そんなリスクを冒すんだ？」

田村の問いかけに、三宅の目が冷たく光る。

「目的は金じゃないと言ったが、正直、金が目的でもある。実際に手にするのが十年後だとしても、数百万円の現金は魅力的だ。俺はガキの頃は貧しかったから、世の中に金があれば防げる種類の不幸が存在することは、身をもって知ってる。金はいくらあっても困ることはない。

ただ、メインの目的は金じゃない。

俺の人生の目的は、目標を定めて努力して達成する、その達成感だ。目標自体に、そう大した意味はない。

今まで俺は、自分で決めた目標を達成しなかったことは一度もない。そして今、目の前には、完全犯罪という目標がある。これは誰にでも挑戦できるものじゃない。普通の人間が一生成し遂げることができない完全犯罪というものを、俺たちは成し遂げる機会に恵まれた。こんな好機を逃してどうする」

三宅の異様な勢いに呑まれたのか、反論する者はいなかった。

今考えても、田村と安東がどうして計画に参加したのか、小松には不思議に思える。いくら発覚する可能性が低く、誰に迷惑を掛けるわけでもないとはいえ——厳密な意味では、気づかれないとはいえ、柏谷家に明確な損害を与えるわけだし――ことは犯罪である。就職も決まっていた田村と安東が参加を決めたのは、今でも小松には謎である。

ただ、自分が参加を決めたのは、確かに三宅の勢いに押された部分もあるが、それだけではない。

ミステリ作家として生きていくと決心していた自分には、犯罪への加担が、普通の生活への決別宣言のように思えた。また、完全犯罪を成し遂げることが、今後の作家生活において何らかのプラスになるように感じられたのだ。

結局、全員が同意して、計画は実行された。そして、それは驚くほど計画どおりに成功した。

四人が初めて顔を合わせた約二ヶ月後、安東から、十一月の最終日曜日に、安東家と柏谷家の全員で、行きつけの店で夕食会を行う計画がある、と連絡が入った。安東も参加するため、期せずして安東は鉄壁のアリバイを得ることとなった。

その前日の土曜日の家庭教師の時に――幸いなことに、たまたま小松の担当日は、もともと土曜日の夕方だった――小松はトイレに行った時に、こっそり隣室のバスルームの窓のクレセント錠を外しておいた。

そして当日の夕方、小松が別のアルバイトでアリバイを作っている間、田村と安東は浴室から柏谷宅に侵入し、小松が前もって教えておいた祖母の部屋の押し入れから現金を発見した。

驚いたことに、現金は金額を控えるどころか、封もされていない銀行の封筒のまま段ボール箱に放り込まれていたらしい。およそ百枚ほどの一万円札が入った封筒が、八十封近くも無造作に入れられていたという。

二人は時間短縮のために、その場で封筒の数や現金を数えることはしなかった。適当に二十封の封筒を持ちだし、当初の三宅の計画どおり、侵入口である浴室の窓は施錠し、父親の書斎の窓から逃走してきたということだ。

しばらく小松は怯《おび》えながら過ごしていたが——おそらく他の三人もだろう——、事件は全く発覚する気配もない。小松は以前と変わらず柏谷家の家庭教師を続けて、両親と顔を合わす機会もあったが、二人とも全く今までの様子と変わりがなかったし、祖母も同様であった。安東からの情報でも、どうやら事件は発覚していないようだった。

その後、四人が再び顔を合わせたのは、決行から一ヶ月以上たった翌年一月のある週末、再び安東のマンションでのことである。

四人が集まるのは最初の時以降、これが二度目だ。計画を実行するにあたっての連絡は、電話とＳＮＳで取り合っていた。四人の接点をできるだけ少なくするための配慮である。

それだけではなく、小松と田村はお互いに学内でも接触するのを避けていたし、三宅と安東も同様に接触を避けていた。

二十封の封筒はそれまで三宅が保管していたが、あえて現金は取り出していないという。四人で封筒から現金を出し手分けして数えてみると、多少のばらつきはあるもの、それぞれに約百枚、合計で二千二十六枚の一万円札が納められていた。

「つまりは——、二千二十六万円。一人あたり、五百六万五千円だな」

三宅が大きく息をつく。

「まさか、こんなに上手くいくとは驚きだな。完全に三宅の計画どおりだ」と田村。

「いや、まだまだ。今までは計画どおりだが、ここからは、ほぼ初対面の俺たちの信頼関係が試される。なので、もう一度だけ訊く。この中に本当に金に困ってる奴はいないんだな？」

口を開く者は誰もいない。

「今、正直に言ってもらえれば、俺の方で対応策がないわけじゃない。具体的に言うと、今すぐ金が欲しいなら、俺が四百万円で十年後に五百六万五千円を受け取る権利を買ってやる。まあ、そんな奴が二人以上もいたら無理だが」

「そんなに貯金があるのか？」

田村が驚いたように声をあげる。

「もちろん、そんなにはない。だが足りない分は、何としてでもかき集める。それでも今の四百万が十年後に五百万になるんだから、十分元は取れる。

俺は不測の事態が起こるリスクを、できるだけ減らしておきたい。その確率が一番高いのが、金のトラブルだ。まあ他人の金を盗んでおいて、金のトラブルを心配するのも馬鹿みたいな話だが。

この条件で今すぐ金を受け取りたい奴はいないか？」

やはり誰も声をあげる者はいない。

小松も一瞬迷ったが、手は上げなかった。卒業後はフリーター生活を送る自分にとって、正直今すぐ入手できる四百万円の現金は魅力的ではある。しかし、特に金が必要という差し迫った理由もなかった。

それにここで四百万円を受け取るのではなく、あくまで四等分の取り分を受け取ることで、最終まで完全犯罪に参加したといえるような気がしたのだ。

「じゃあ予定どおり、この金はどこかに保管しておこう。

調べたところ、窃盗の時効は七年だった。なので最低七年、みんなに異存がないなら、俺は十年間この金を保管しておきたい。どうだ」

「俺は構わない。俺も三宅が言っていたように、金のために今回の計画に参加したわけじゃない。俺が参加した理由は、ありきたりな言い方をすれば、学生時代の思い出作りってやつだ」

安東は満足げにタバコをふかす。

小松にも異存がない。それで話がまとまりかけた時、田村が声をあげた。

「十年間保管しておくことには賛成だ。ただ、全額を保管するのは反対だ」

「どういうことだ？　今いくらか分配するべきだという意味か？」

「そうだ」

「だめだ」

三宅はにべもなく、はねつける。

「この金は今すぐには使えない。最初からその条件だったはずだ。どうしても受け入れられないというなら、四百万円を受け取れ」

三宅は有無を言わせない冷たい目つきで、田村を見つめる。しかし、田村も一歩も引くことなく、真顔でその視線を、真正面から受け止める。

張り詰めた空気が流れるが、しばらくして田村が微笑《ほほえ》んだ。

「五百六万五千円は中途半端だ。これだけの大仕事をやり遂げたんだぜ。せっかくだから、そこから二万円だけ使って、今からここで祝勝会をやろうじゃないか」

凍り付いていた雰囲気が一気に緩む。三宅も笑いながら、

「それもだめだ。ほとんどあり得ないこととは思うが、この紙幣の番号が控えられている可能性は、ゼロじゃない。たとえ二枚だけでも、この紙幣は十年後まで使わない。

飲み会は会費制でやろう」

「それには俺が反対だ」安東が冷蔵庫に向かう。「見ろ」

冷蔵庫には、缶ビールや缶チューハイ、ワインといったアルコールが棚いっぱいに並んでいる。

「安東建設の御曹司をなめんな、もう用意してある。

貧乏人から会費なんか取らないから、好きなだけ飲んでくれ。飯も奢《おご》ってやる。好きなデリバリーを頼んでくれ」

「お前らとは仲良くなれそうだ」

田村は満面の笑みで立ち上がった。

それから早十年である。今思い出してもあの日のことは、飲み会に参加する機会の少ない小松にとって貴重な思い出である。

以来、四人はそう頻繁に会うことはなかったものの、必ず年に一回、安東のマンションに集まるのが恒例行事になった。

当初は三宅から、四人の接点が増えるのは、あまりよくないという意見も出た。しかし事件が発覚する気配を全く見せずに数年が経過するうち、三宅も年に一回ぐらいならと、気にしなくなったようだ。

そして今年で期限の十年が経ち、とうとう埋めた金を掘り出すために集まった。

その間に安東は引っ越しをしている。もともと広かった安東のマンションの面積は、以前に比べて二倍以上に激増し、場所もより都心部になっていたが、小松の手にしている缶ビールの銘柄は当時と同じ物である。

小松は缶ビールを持つ自分の手を見つめる。気のせいか、十年前よりも多少関節が節くれ立って、手の甲に刻まれた皺《しわ》も増えてきたようにも思える。しかし自分を取り巻く状況は、何も変わっていない。自分の成長のなさが、ビールの銘柄に象徴されるわけではないが、全く自分は十年もの間、何をしていたのだろう。

安東は小松のことを夢を追う生活と評してくれたが、実際のところ夢を追っているのか、引っ込みがつかなくなって夢に追い立てられているのか判断がつかない。

あまり酒の強くない小松が一本目のビールを飲み干し、次を取り出すために立ち上がった時、インターフォンが鳴る。多分、田村だろう。時計を見ると午後九時半前で、さっき田村が中座してから、二十分程度が経過していた。

立ったついでに画面を確認すると、やはり田村が映っていた。ロックを解除する。

「いや、寒い寒い。参ったよ」

田村は部屋に入るなり、元の場所に腰掛け、自分のビールに手を伸ばす。

「寒かった？　共用部もエアコンは効いてるだろ」と安東が言う。

「ん――、いや寒くはなかったが、懐《ふところ》が寒くなったんだ。急な納期変更は、予定外の経費がかかるしな。

だがこれで、今日はどこからも電話が掛かってくる予定もない。本日の業務は完全に終了だ」

田村は一仕事終えた充足感からか、手にしたビールを一気に飲み干し、缶を握りつぶして、傍らのゴミ箱に捨てる。小松は田村の分も冷蔵庫から出して手渡した。

「よし、やっとみんな揃ったな。じゃあ改めて乾杯」

田村は二本目のビールに口をつける。

「で、俺のいない間にどうなった？　予定どおりでいいんだな？」

「そうだ。明日早朝に安東の車で出発して、田村の実家に向かう。シャベル等の道具はむこうにあるんだな？」

「そうだ。十年前に使った道具をそのままにしてある。作業も数時間で終わるだろうから、みんな手ぶらで来てくれていいぞ。それに手ぶらで帰りたいんなら、掘り出した金も置いて帰ってくれ。俺が使ってやる。

それとこれは言い忘れていたが、掘った穴は埋めずにそのままでいい。

実はあの家は今回の件が片付いたら、売りに出そうと思ってる。まあ、あんな不便な場所だ。売れたとしても土地代だけで、どうせ二束三文だろうがな。

だから久しぶりに行くついでに、みんなが帰ったあと、俺だけ残って少し片付ける。燃やせる不要品があったら掘った穴で燃やして、その後で埋めといてやる」

「明日から香港だと言わなかったか？」と安東が首をかしげる。

「そうだよ。金を掘り出すのは二時間ほどだろう。明日は金を掘り出して、午前中は実家の片付け、その後いったん帰ってきてから、晩の便で香港だ。貧乏暇なしだよ」

十年前、四人で相談して、盗んだ金は田村の実家の裏山——当然、そこも田村家の所有地である——に埋めることになった。

実家といっても、すでに亡くなっている田村の祖父母が住んでいた、当時から無人の家である。田村や田村の父親が出向くこともほとんどなく、限界集落に位置しており、数キロを近隣とするならば数人の住人はいるものの、一歩隣接する山に入ると誰も立ち入る者もない僻地《へきち》で、隠し場所としてはおあつらえ向きであった。

十年前の飲み会の翌日、四人で出向いてそこに現金を埋めた。小松を含む三人はそれ以降、そこを訪れたことはないが、田村は家屋の維持管理のために年に一度は訪れているらしい。田村によると、断言はできないが、特に今まで掘り返された形跡はなかったとのことだ。

「どこが貧乏暇なしだ。年末はハワイで、明日から香港だろ。景気のいい話だ」

海外など何度も行っている安東が言う。

「そうでもない。ハワイは純粋なプライベートだったが、香港は仕事だ。それもあまり楽しくない仕事、いわゆる支払いだ。それに正直な話」

田村はそこで一拍おいて、軽くビールに口をつける。

「実はハワイから帰って年明け早々に、大口の仕入れ先が倒産した。まあ今では何とかなりそうだが、一時はウチの会社もやばかった。実際、明日掘り出した金も、半分以上は香港での支払いに充てなきゃならない。朝に手にする五百万が、その日の晩にはもう半分になる。俺のような個人事業主は、常に自転車操業だよ」

「困ったことがあったら五百六万五千円ぐらい、貸してくれるんじゃなかったのか?」と安東。

「あれは嘘だ。どうしてもと言うなら百五十万ぐらいなら貸してやるが、それでも来週には利子をつけて返してくれ」

「俺たちが帰ったあと実家に残るなら、今日、田村は自分の車で来ればよかったじゃないか。安東、このマンションにも外来者用の駐車スペースぐらいあるだろ?」

三宅の問いかけに、安東が答える。

「もちろん。俺の駐車スペースの隣五台が来客用だ。どうしてそうしなかった?」

痛いところを突くなぁ、と苦笑いをもらして、田村は言葉を続ける。

「実は、俺は免停中なんだ」

「なんだそりゃ、酒気帯びか？」

「いや違う。ほとんどは業者に依頼してるが、俺もたまには配送をする。そうすると、どうしても駐禁を切られることがあって、その点数が累積して、現在、三十日の免停中だ」

「どんくさい」

三宅が、しょうがない奴だとばかりに笑みをもらす。

「うるせえ、ほっとけ。ある意味、職業病だ。でもおかげで今日は思いっきり飲める」

田村は缶ビールを飲み干し、新しい缶を取りに行く。仕事を終えた解放感からか、中座から戻って以降かなりピッチが速い。

「おい、田舎だとはいうものの、人目はできるだけ少ない方がいい。明日は早朝に出るぞ。あまり飲み過ぎるなよ」

三宅の言葉をあえて無視するように、田村は新しい缶のプルタブを引く。

「運転は安東だろ。帰りは電車で帰ってくるし」

「それはそうだが、掘るのには人手がいる。俺の記憶が確かなら、一メートル以上の深さに埋めたはずだ」

「それはみんなに任せる。埋めるのは俺一人でやるんだから」

田村は悪びれもせず、残ったビールを一気にあおった。

二月八日　土曜日　午前六時五十分

雨は降っていないが、路面はわずかに濡れていた。昨夜起きている間には降らなかったので、降ったのは小松が寝ついた十二時以降であろう。

安東の高級外車はほとんど振動を感じさせず軽やかに進む。安東は無言でハンドルを握っている。助手席の三宅も何を考えているのか、口を開かず前を見つめている。さっきまでふざけて冗談ばかり飛ばしていた田村は二日酔いか車酔いか、眠ってはいないがこちらも無言である。隣に座る小松も、車窓の外に目を向けた。

道路の左側は切り立った石積みの崖地だが、右側の崖下には道路と併走して大きな川が流れている。都心部から一時間ほど走っただけだが、清流といっていい美しさだ。この道は十年前にも一度通っているはずだが、さすがに景色に見覚えはない。

早朝の空気は寒々しく、天気も陰鬱《いんうつ》といってもおかしくない。しかし、小松の心は躍っていた。

友人の少ない小松は、人と連れだって出かけることは滅多にない。社交的でなく出不精でもある自分自身が、それを望んでいるせいもあるのだが、今日に限っては胸が弾《はず》む。

何しろ、十年も待ちわびた大金が手に入るのだ。

小松は今までその金の使い道を訊《き》かれた時には、ずっと生活費の足しにすると答えてきた。

十年前から変わらなかったし、嘘ではない。

しかし去年の六月のある出来事以来、小松の心には新たな使い道が浮かんでいた。それも心が躍る理由の一つである。

今手がけている長編は、来月中には目処《めど》がつくだろう。今回はこれまでにない自信作だ。完成させたらその勢いを借りて、久しぶりに彼女を外食に誘ってみようか。

前回とは違い、金銭の心配はない。いつも彼女は、ファミレスでも全然気にしませんと言ってくれたし、実際十分楽しそうにしてくれた。

しかし今ならどんなところにでも、連れて行ける。SNSで話題の高級レストランで、高級料理に大喜びする彼女の顔が目に浮かぶ。小松はコートのポケットの中で、彼女との宝物であるキーホルダーを握りしめた。

小松が自然とほころびそうになる唇を抑えていると、ハンドルを握る安東が言った。

「この道で合ってるんだよな」

「合ってるよ」

さっきまでとは打って変わって不機嫌そうな田村が、周囲に目を向けて答える。

「飲み過ぎなんだよ」

「違う、車酔いだ。昨日は十二時前には寝たし、あれぐらいの酒が残ったりしない」

「こりゃ、どうやら本当に穴は三人で掘ることになりそうだ」

三宅が苦笑をもらして、前を向いたまま続ける。

「前から思ってたんだが――、もし掘り返して、金がなかったらどうする？」

ここ数年、何度か小松の頭にも同じことがよぎっていた。埋めた場所は田村の実家だが、埋めた地点は四人ともが知っている。誰かが十年の間にこっそり掘り返すことは、十分可能だ。おそらく誰もが一度は考えたはずのことだが、今まで一度も話題に上がらなかった。多分、みんなそのことを口にするのを避けていたのだろう。

「そうだな。もしなくても、それならそれで、別にいいんじゃないか」

安東は涼しい顔で車を進ませる。

「何度も言ってるが、俺は金のためにこんなことをやったんじゃない。なくても、それを受け入れる。俺たちは完全犯罪を成し遂げた。後の金はおまけみたいなもんだ。なくなったらなくなったで、そこまで含めて思い出だよ。

まあ、さすがにみんなとの交流は、そこで終了だがな」

金持ちで余裕のある安東らしい意見だ。

しかし小松としては、そこまでは割り切れない。かと言って、どうすればいいかと問われても、答えはない。

事件はすでに時効をむかえている。もし仮に時効が成立していなかったとしても、告発するのは自分の首を絞めることになる。

「これは俺の予想だが」と三宅が気軽な調子で言う。「おそらく金はあるだろう」

「どうして分かる？　信頼関係か？」

「そうじゃない。基本的に、俺たちは寄せ集めだ。大した信頼関係はない。でもこの十年間、俺はみんなの様子を観察してきた。最初は計画を実行したら、掘り出すまで交流を断とうかと思っていたが、みんなの生活をうかがうために、年に一回の集まりに参加することにしたんだ。今までの様子から判断して、おそらくこの中に金を掘り出した奴はいない。まあ、もし万が一……」

そこまで話した三宅が、いきなり叫び声をあげる。

「おい、安東！」

と同時にブレーキが踏まれ、車はタイヤを鳴らして急停車した。

「何なんだよ、一体？」

つんのめった田村が戸惑った声をあげる。小松も膝を前席のシートに打ち付けていた。茫然《ぼうぜん》と前方を見つめる三人に遅れて、小松もフロントガラスに目を向ける。その二十メートル程前には、驚くべき光景があった。

左手の崖が崩れだしていた。最初は大人の頭ほどの石が、いくつか落ちてきた。しかし土砂の量は増えていき、あっという間に、川のような土砂が車の前に流れ出し、その勢いはみるみる増していく。

「揺れてるぞっ！」

叫んだのが誰かは、小松には分からなかった。しかし揺れは感じた。その間にも流れ出す土砂の量はどんどん増え続け、ガードレールや街灯にまで達し、それらを根こそぎに倒して、川に押し流していく。目の前のアスファルトに亀裂が入り、車体が傾いた。

次の瞬間、左側面から大きな衝撃が襲う。車が大きく揺さぶられている。すでに小松には状況が把握できない。

左のサイドウィンドーが土砂で汚れ、ヒビが入っていた。それを目にした瞬間、再び大きな衝撃が襲う。

そして何が起こったのか分からないまま、小松は車の屋根に頭を打ち付け、意識を失った。


小松が意識を取り戻した時、目の前に白衣の男性が立っていた。いや、彼が立っているのかどうかは分からない。取りあえず、目の前には医師の姿があった。

医師がいるということは、ここは病院なのか。だとすると、自分は病室のベッドに寝かされているのか。

いや、それはおかしい。医師は自分の真正面に相対している。自分が横たわっているとすると、医師とおぼしき男性は、天井に張りついているか、宙に浮かんでいることになる。

とすると、自分は立っているのか。しかし、足にその感覚はない。というよりも、足自体の感覚がない。だめだ、意識がはっきりしない。

夢見心地、というより意識自体が、意識できないような状態だ。麻酔が効いているのか。

『小松立人さん、気づかれましたか？

ああ、正確に言うなら今のあなたに〝気〟はありません。なので本当は気づくという表現はおかしいのですが、便宜上そう使わせていただいています。

気づかれましたか？』

医師は妙なことを言う。

いや、医師がそう言っているように、小松には感じられた。医師の唇は確かに動いているのだが、声が耳に聞こえたような気がしない。まるで意識に直接語りかけられているようだ。

——ここは、どこです？

小松は言う。いや、言ったつもりだが、小松の喉や唇には、言葉を発した感覚はなかった。

『ここはどこでもありません。もしくは、どこでもあるという方が正確ですが』

まるで禅問答のようだ。

彼は医師らしく白衣を身につけ、首に聴診器を掛けている。身長は定かではないが、中肉中背といったところか。白髪交じりの頭髪を清潔になでつけ、年齢は五十歳前後。胸には身分証のようなプレートをつけているが、書かれている文字までは、読み取ることはできない。銀縁眼鏡を掛けた顔には、柔らかな笑みをたたえていた。

『ちなみに小松さんは、どこまで覚えていらっしゃいます？』

医師は落ち着いた穏やかな口調で訊ねる。

どこまで。

そうだ、二月七日に安東のマンションで飲んで、翌朝に埋めた金を掘り出すために出発した。

その後、車ごと崖崩れに巻き込まれたのだ。それならば、やはりここは病院か。

『半分正解で、半分間違いです。あなたは崖崩れに巻き込まれました。しかし、ここは病院ではありません。

先ほど申し上げましたように、ここがどこでもあるという前提に立てば、病院だという答えも完全に間違っているわけではありませんが』

医師が小松の思考に答える。無意識に考えを口に出していたのだろうか。

『ある程度、落ち着いておられるようなので、説明させていただきます。

小松さんたちは、走行中の車に乗っておられたので気づかれませんでしたが、二月八日午前六時五十八分、マグニチュード五の地震が発生しました。貴方《あなた》たちがいらっしゃった地点の震度は四です。

そこで局地的な崖崩れが発生し、たまたま運の悪いことに、貴方たちの乗った車はそれに巻き込まれ、県道に併走していた川に押し流されて転落しました。

その結果、小松さんは首の骨を折って死亡されました。死亡時刻は二月八日午前七時二分四十二秒です。

死亡時刻に四、五分の違いはありましたが、あの車に乗っておられた方全員が、今回の事故で死亡されています』

死亡？　じゃあここはどこなのだ？　天国なのか。

しかし、そうだとすると、意識はあるのに身体の感覚がまったくない、今の状況も納得できる。それどころか医師の姿は認識できているのに、まぶたを開けているのかどうかすら認識できない。

『天国は、貴方たちが想像しているような形では、存在しておりません。ここがどこかは申し上げたとおり、どこでもあって、どこでもないとしか、お答えのしようがありません』

——僕は死んだんですか？　貴方は医師ではないと？

『貴方は貴方の意識の中では、すでに亡くなりました。しかし現在の貴方の状況は生きているとも、亡くなっているとも言えません。同様に、私は医師ではないとも言えますが、医師を含むすべての者であるとも言えます』

——わけが分からない。

『申し訳ありません、混乱させてしまいましたね。私は不明確なことは言いますが、不正確なことは言えません。構造的にそうできているんです。ですが、それにこだわって貴方を混乱させては、話が前に進みませんので、ここからは多少の差異には目をつぶって、できるだけ誤解がないと思われる範囲で、貴方の今までの認識で理解できるようにお話しさせていただきます。はい、貴方はすでに死亡していらっしゃいます。そして、私は医師の恰好をしてはいますが医師ではなく、人間の寿命を管理している者です』

簡潔ではあるが、身も蓋もない説明だ。

しかし意外にも、自分がすでに死んでいると明言されても、小松に混乱はなかった。いや、混乱しすぎて、まだ対応できていないのかもしれない。

――人間の寿命を管理されている方が、本来人間の寿命を延ばすべきお医者さんの恰好をしているというのは意外ですね。なんだか、出来の悪いブラックジョークみたいだ。

小松は場違いな感想をもらす。やはり状況に頭がついていってないのだろう。

『私は相手にとって死を象徴する姿、つまり死を伝えるのに相応《ふさわ》しい姿で見えるようです。貴方にとっては、死を連想させる者が医師だったのでしょう』

――そうですか。で、僕はこれからどうなるんですか？

『そうです、それをご説明するために、私が参りました。ご順応が早くて、大変結構。通常、人間が死亡された場合、貴方たちの認識で天国、地獄、あの世、無、といった言葉で表されている場所にご案内するのが、本来の私の業務です。が、今回は多少違います。今回、貴方には生き返っていただきます』

――なるほど、それはラッキーだ。これが臨死体験って奴ですか。事故に遭って意識のない人間が、夢の中で死んだお婆ちゃんに会って、あんたはまだこっちに来るのは早いよ、と言われた瞬間に意識を取り戻すような。

『同種と思っていただいて結構です。

ただ今回は、想像されているものとは、大きく違う点が三つありますので、それについて説明させていただきます。

まず一つ目、貴方には死んだ時間に戻ってもらうのではなく、それよりも一週間前に戻っていただきます』

——一週間前?

そうです。正確に言うなら、貴方の死亡時刻は二月八日午前七時二分四十二秒ですので、二月一日の午前七時二分四十二秒に戻っていただきます」

——ちなみに、それは何のために?

『小松さん、うるう年はご存じですね』

——知っています。

小松はいきなりの関連性のない問いかけに、戸惑いながらも答える。もちろん、うるう年ぐらい知っている。しかし、今年はうるう年ではないし、それがどう関係するのだ。

『何のためにうるう年が存在するか、ご存じですか?』

——地球の公転の関係ですよね?

『そうです。詳しく説明するなら、地球の公転周期は三百六十五日ではなく、正確には三百六十五・二四二二日です。それを一年を三百六十五日として扱うと、わずかずつズレが生じてしまいます。

なので、貴方がた人間は、グレゴリオ暦で四で割り切れる年を三百六十六日にして、うるう年とすることにしました。またその上で、四で割り切れますが、百でも割り切れる年はうるう年とせず、ただし、百で割り切れても四百でも割り切れる年は、再びうるう年とするという補正を行っておられます。

この操作は、地球の公転という自然現象を、あなた方人類の生活に不可欠な暦に当てはめるために行われています。

つまりあなた方人類は、太陽や地球の運行という自然現象と、一年や一日という自分たち独自の概念によって、時間を管理しておられます』

百年、四百年のことまでは知らなかったが、理屈は小松も理解している。しかし、話の脈絡は全く理解できない。

『細かな差異には目をつむって説明しますと、私たちも人間の命を、総時間と総心拍数という二つの数値で把握していると考えて下さい。

胎児に人権があるかどうかの哲学的な問題もありますし、最近は脳死の問題もあり、人間の寿命をいつからいつまでと決めるのには、様々な捉え方があります。

なので私たちは人間の寿命を、人間が母胎から出てきた瞬間から、心停止するまでの時間と、その間に心臓が刻む心拍数とで関連づけて、その総数で管理しているのです。

その管理は個人ではなく人類全体で行っており、また長期間にわたって管理しておりますので、うるう年と同様、双方に多少のズレが生じてしまい、どこかでそれを補正する必要が生じます。

現在、人類全体として、総寿命時間に対し、若干ではありますが総心拍数が不足しておりまして、なので今回、皆様の寿命時間は変化させず、皆様の一生の総心拍数を増加させることにより、調整させていただくこととなりました』

何故《なぜ》、時間と心拍数で把握する必要があるのか、わけの分からない説明ではあるが、取りあえずの理屈は理解できる。

『まあその点につきましては、小松さんが完全に理解して下さる必要はありません。うるう年についても、あくまで分かりやすい例として挙げさせていただいただけで、あまり正確な説明とは言えません。単に私の気まぐれと考えていただいても結構です。

本来、高次の存在が認識している概念を、それより低次元の存在に説明するのには無理があります。

小松さんも、犬に貨幣の価値を説明することは、不可能でしょう』

凄まじく上から目線での説明であるが、意外と腹は立たない。実際、医師は人類の寿命を管理しているのだから、人類よりも高次元の存在なのだろう。

『では話を進めさせていただきますが、私が説明を終えましたら、貴方は元の世界の二月一日のその時刻に戻られます。

もっとも、当該時刻に貴方は寝ておられましたから、貴方の認識がはじまるのは、次に起きた瞬間からですが。

つまり貴方は一週間分の未来の記憶を持ったまま、最後の一週間を過ごしていただけるということになります』

――つまり、崖崩れには巻き込まれずに済むのですね。その日その時刻に地震が起こることを、僕は知っているわけだから。

『確かにそうです。

しかし残念ながら』

それまで笑みを絶やさなかった医師の顔が曇る。

『だからといって、寿命が延びるわけではありません。

貴方の寿命はあくまで二月八日の午前七時二分四十二秒までです。崖崩れに巻き込まれないからといって、それ以降も生きていけるわけではありません。

その寿命が尽きた瞬間、どこで何をしていようとも、貴方は意識を失い死亡され、死因は急性心不全で自然死と診断されます。今回の補正は総心拍数を増やすために行っておりますので、寿命を延ばすことはできません。

これが一般に語られている臨死体験との二つ目の相違点です』

――そうですか。

病院で意識を取り戻したかと思ったら、実は死亡していたと告げられる。そして人生をやり直すことができると知らされた直後、やはり死は避けられないと告げられる。

通常なら、一喜一憂するような展開だ。しかし、理解がついていかないのか、やはり小松はほとんど動揺を感じなかった。

『ただ、寿命は八日午前七時二分四十二秒までとお伝えしましたが、これは決定ではなく、通常の場合の最長とお考え下さい。

八日の朝までに自殺することも可能ですし、不慮の事故に遭われて命を落とすこともあり得ます。ただその場合、私どもとしましても、減少した寿命を別案件で補正する必要が生じますし、十分注意されて、最後の時間を有意義にお過ごし下さいますようお願いします。

そして三つ目の相違点が』

医師は言葉を切り、なぜか今まで以上の柔らかな笑顔で小松を見つめる。

『上限はありますが、寿命を延ばすことも可能です。

実は今回、このような措置を執《と》らせていただいたのは、小松さんだけではありません。あの車に乗っていて、今回の事故で亡くなったすべての方に対して、同様の扱いをさせていただいております』

――それでは田村たちも、一週間前に戻るということですか？

『そうです。あの事故で亡くなった方たちすべてに、一週間のリセット期間を設定させていただきまして、貴方と同様の説明をしております。

余談ですが、貴方には私は医師の姿に見えますが、他の方々には、亡くなった両親に見えたり、警察関係者に見えたり、はたまた黒いローブを着て、フードで顔を隠した老人に見えたという方もおられました。オールドタイプの死神のイメージですね。

そして、ここからが肝心な点です。そのリセットが設定されている方たちの間で、殺人が起きた場合、殺害された方のその時点での残り時間が、殺害した方に加算されるようになっております』

――つまりは、他人の寿命が奪えると？

『そうです。小松さんは理解が早くて助かります。

たとえば、リセット開始から一日経過した時点では、すべての方たちの残り時間はあと六日ですが、そこで誰かが他者を殺害した場合、殺害された方の寿命が零日になる代わり、殺害した方の寿命は、六足す六で十二日となります。

ただし、このルールは、あくまで今回のリセットが適用された方たちの間でのみ成立します。無関係な人間を殺害しても、殺害した方の寿命が増えるわけではありませんので、誤解なさらないで下さい』

――何のために、そんなことを？　それも貴方の気まぐれですか？

『というよりは、今回の補正において殺人事件が起こった場合の寿命の減少を防ぐための措置ですが、そう捉えていただいても、大きな問題はありません』

医師は満面の笑みで小松に答える。

『最後に、これまでの話をまとめます。

小松立人さん、貴方は死亡されましたが、時間を一週間遡《さかのぼ》って生き返っていただきます。

ただし一週間後には、再び死亡することが決定しております。

同じようなリセットが、あの車に乗っておられた方、すべてに適用されています。

そして、リセットが適用されている方たちの間では、誰かを殺害することによって相手の寿命を自分の寿命に加算することができます。

それとあと一つ補足します。

当然のことですが、これからの一週間は貴方がすでに経験した一週間と同じ出来事が起こりますが、貴方たちのこれからの行動によって、若干変化いたします。

貴方たちが前回と違う行動を取ることにより、前回には起こらなかった新たな出来事も起こり得ます。それについては、ご了承下さい。

以上、ご理解いただけましたでしょうか?』

小松は頷《うなず》く。

いや身体がないので、本当に頷いたわけではなかったが、理解したことは医師に伝わったようだ。

『それでは小松さん、残り少ない一週間、悔いのない人生をお楽しみ下さい』

二月一日　土曜日　午前八時

どこかでスマホのアラームが鳴っている。

小松は枕元を探ってアラームを止めた。寝ぼけ眼《まなこ》をこすりながら起き上がり、ベッドサイドに置いているノートとペンを取る。そのまま、顔も洗わずに食卓として使っているローテーブルに向かって胡座《あぐら》をかいた。

朝のいつものルーティーンだ。四六時中、ミステリのことを考えているせいか、今までにも夢の中でネタを思いつくことが時々あり、起きた瞬間にすぐ書き留めないと忘れてしまう。

小松は頭をクリアにするために大きく息を吸い、強制的に肺から脳へと酸素を送り込む。

今日の夢は興味深い。

タイムリープ自体は、エンタメでは珍しい題材ではない。しかし、ある状況下にいた数人がタイムリープして、殺人によって余命のやり取りができるというのは、面白い特殊設定だ。彼らの中で殺人事件が起こるとして——

そこまで書き留めた時、小松の手が止まる。

思わず室内を見回した。

六畳のフローリングには薄手のラグマットが敷かれている。座っている正面のスチール製ラックには小型テレビが置かれ、その横には雑多な文庫本が詰め込まれている。背にしている壁際のシングルベッド、ベッドの対角線上にある小型冷蔵庫。見間違えようもなく、住み慣れた自分のワンルームマンションだ。

どうして自宅にいるのだ。昨日は安東の家で飲んでたはずじゃないか。

今まで飲み過ぎて記憶をなくした経験はないが、もしかしたら酔い潰れたまま、自宅に帰ってきてしまったのか。確かに昨日は大金を手にできる高揚感で、普段の精神状態ではなかった。それなら、金はどうなった。自分以外の三人で掘り出しに行っているのか。

いや、そんなはずはない。昨日はそんなに飲んでない。安東家でちゃんと布団《ふとん》に入る時までの記憶があるし、それどころか翌朝に四人で車に乗り込んだ記憶もある。

車に乗り込んで、それから――

小松は急いでスマホを確認する。二月一日八時十二分と表示されている。いや、飲み会は七日だったので、今日は八日のはずだ。一日のわけがない。脇の下に汗がにじむ。

冷蔵庫からミネラルウォーターのペットボトルを取り出し、口をつける。再び大きく深呼吸をしてから、そして玄関ドアの新聞受けから新聞を取り、紙面に目を通す。

小松は普段から、新聞を熟読している。社会の情勢を知るためというより、小説の参考になる事件を探すためである。すべてではないが、ある程度の記事は覚えている。

新聞は二月一日の日付で、小松の記憶にある記事ばかりが掲載されていた。

テレビの電源を入れる。朝のニュースが映し出される。画面左上に時刻の表示はあるが、日付までは確認できない。小松は普段あまりテレビを観ないので、それが一日のニュースかどうか正確には判断できなかったが、数回チャンネルを変えてみても、やはりそこには既知の事件――一週間ほど前に知った事件――ばかりが扱われている。

徐々に速くなる鼓動を抑えるために、小松は何度も深呼吸をした。

あり得ない。夢か誰かのいたずらに決まってる。

新聞なんて古新聞を置いておけばいい。テレビ番組も録画した放送を映し出すこともできるはずだ。スマホの表示も、設定で違う日付を表示できるのかもしれない。

誰がそんな手間を掛けて、何の目的で自分を騙そうとしているのかは分からない。だが、そうとしか考えられない。

そう思った瞬間、小松はわずかな揺れを感じた。

地震だ。

小松は心臓が止まるかというほど驚いた。地震にではない。自分はこの地震を知っている。一週間前に体験している。

起床後すぐに起きた地震は震度三で、揺れは十五秒ほどで収まる。地震で自分は被害を受けないし、全国的にも被害はほとんどなかったはずである。

嫌な予想は的中し、小松の記憶どおり揺れはすぐに収まった。しかし代わりに小松の両手が震え出す。

テレビ画面のテロップが、震度三と伝えている。

次、どうなる。あり得ないことだが、今が二月一日の八時過ぎだとして、次に何が起こったか。小松は記憶を掘り起こす。そうだ、確か電話――

その時、スマホが着信を告げた。小松には画面表示を見る前から、掛けてきた相手が分かっていた。恐る恐る画面を確認すると、予想どおり母親だった。

小松は大きく深呼吸してから、通話ボタンを押す。

「もしもし――」

「ああ立人、今テレビでそっちで地震があったって言ってるけど、大丈夫なの？」

「ああ、何ともないよ」

地震の被害は何ともないが、心境はとても何ともないとは言えない。小松は声の震えを抑えられない。覚えている。これから先の会話は完全に記憶にある。

地震が多いから気をつけろ。

一人暮らしだが、ちゃんと掃除をしているか。

本を片付けろ。

正月には帰ってこなかったが、次いつ帰ってくる。

「こっちもそうだけど、そっちも最近地震が多いわねえ、気をつけなさいよ。

一人暮らしで掃除してないんじゃないの。前、行った時みたいに、本棚の上に本をいっぱい置きっぱなしにしていたら、倒れてきた時に危ないわよ。ちゃんと片付けなさい。

ところで正月も帰ってこなかったけど、今度はいつ帰ってくるの？

……もしもし、聞いてるの？」

「ああ、聞いてるよ」

もはや震えは全身に及んでいる。叫び出しそうになるのをこらえて、小松は何とか言葉を返す。

「ところで母さん、一つ教えて欲しいんだけど」

「何よ、深刻な声出しちゃって。前にも言ったけど、お金ならないわよ」

「そうじゃなくて、今日は何月何日だったっけ？」

「何言ってんの。就職もせずに、いい加減なことばっかりやってるから、日にちも分からないようになるのよ。今からでもいいから、いいかげんに就職なさい。

お父さんだって――」

「いいから教えてくれ！　何月何日なんだ！」

「何、怒ってんのよ。二月一日に決まってんでしょ。そんなことより、来月の……」

来月の法事の話なんか、前にも聞いた。そんなことは、どうでもいい。

「母さん、ごめん。今ちょっと忙しいんだ。また今度電話する」

小松は逃げるように、電話を切った。

全身に鳥肌が立つ。信じられない。まさか夢の中で医師の言っていたことは、本当なのか。

自分の命は、本当にあと一週間なのか。

再びスマホの画面を見る。何度見直しても、二月一日八時三十二分の表示があった。

と、スマホが新たな着信を告げた。叫び声を上げて、思わずスマホを放り投げる。

いや、待て。友人の少ない小松のスマホは滅多に鳴らない。一週間前の母親の着信の直後に、こんな着信はなかった。こんな事実は記憶にない。ということは、やはりこれは手の込んだ、いたずらなのか。

一縷《いちる》の望みを抱きながら、鳴り続けるスマホを取り上げ、画面表示を見た。田村悟士の名前がある。小松は震える指で通話ボタンを押した。

「も、もしもし……」

田村の声は、気のせいか震えているようにも聞こえる。

「僕だよ。どうした」

小松が応じると、しばらく無言が続いた後、田村が言葉を継いだ。

「小松も……、一週間後から戻ってきたのか?」

小松はあまりの衝撃に、すぐに言葉を返せなかった。

二月一日　土曜日　午前九時三十分

四人は昨日に引き続き、安東のマンションに集まった。いや、前回集まったのは二月七日で、今日は一日だから、前回集まったのは昨日ではなく六日後だ。

今日が一日なのは、もう間違いない。小松はここに来るまでに、三軒のコンビニで販売されていたすべての新聞を確認したが、全てに二月一日と記されていた。

前回、飲み会のために集まった七日は曇天で、今回は快晴である。しかし当たり前だが、天候とはまるで関係なく、場の雰囲気は前回とは比べものにならないぐらい暗く重い。沈痛な雰囲気が漂う。

いつも余裕の感じられる安東に到っては、震えながら頭を抱えている。

「つまり、みんなが同じ夢を見て、これから一週間の記憶があることは間違いない」

こんな異常な状況下でも、やはり三宅がまとめ役になり、会話が進行していく。しかしさすがに、三宅の顔色も青白い。

「そうだな」

最初に顔を合わせた時よりは、いくらか落ち着きを取り戻したように見える田村が口を開く。

「俺の場合は死んだ親父が、お前は崖崩れで死んだが一週間だけ過去に戻して、生き返らせてやると言っていた」

「俺の場合は、黒いローブを着たひげ面の老人だった。で小松は医師で、安東が警察官。さっき確認してみたら、話の内容は全員同じだ。

ただどうして、それぞれ語り手の姿が違うんだ?」

「ああそれは」小松が口を開く。「医師が僕に言ってたよ。語り手の姿は、相手にとって死を象徴する姿で見えるんだってさ。

僕の医師以外にも、亡くなった両親、警察関係者、黒いローブを着てフードで顔を隠した老人に見えた人もいたって言っていた」

「なるほど。俺の場合はタロットカードに描かれるような、古いタイプの死神のイメージだな。まああれは骸骨だし、俺の会った死神は、鎌は持ってなかったがな。

田村は数年前に亡くなった親父さん。安東の場合は、土砂崩れの事故に巻き込まれて死んだと思ったから、それを現場検証する警察官をイメージしたってとこか」

安東は相変わらず頭を抱えたまま黙っている。

「これからどうするかについては、後で考えよう。で、その前に俺から一点、みんなに確認したいことがある。金はどうするつもりだ?」

三宅に言われるまで、小松はそれをすっかり忘れていた。

「俺たちが一週間後から戻ってきた、いやこれから一週間の記憶があるのはどうやら間違いないだろう。ただ、だからといって、死神の説明がすべて正しいとは限らない。

もしかしたら、俺たちは一週間経っても死なないかもしれない」

「どうしてそんなことが言える？」

ようやく安東が顔を上げる。

「死なない、と断言してるわけじゃない。あくまでその可能性もあるって話だ。

俺たちはすでに、非現実的な状況にいる。前提として時間を一週間遡《さかのぼ》るという、常識では
あり得ない状況にいるんだから、これから何があり得て、何があり得ないかは判断できない。

あくまで希望的観測だが、死神がタイムリープについては真実を言ったが、寿命についてては
嘘をついたという可能性もある」

「希望的観測って、何だよそれ」

安東は泣き出しそうな声で言って、再び顔を伏せる。

「どうなるか分からない状況では、俺はできることからやるのが得策だと思う。

まず俺たちには、共通の懸念事項、隠し金のことがある。金をどうしたい？」

一同の返答を待たずに、三宅が続ける。

「俺は掘り出すべきだと思う。いや、みんなが反対しても、俺は一人で掘り出しに行く。そし
て必要だと言うなら、みんなの取り分は分けてやる。

もし一週間後に死ななくても、今、金を掘り出すことには何の問題もない。当初予定の八日
より、掘り出すのが一週間早まるだけだからな。

ただ、一週間後に死ぬのが避けられない運命なら、今掘り出すべきだ。みんなはどうせ死ぬ
なら金は必要ないと思っているかもしれない。だが、金の問題じゃない。俺は一度決めた目標

は、今まで絶対に成し遂げてきた。一度の例外もない。

もし死ぬなら、こんな中途半端な状況で死ぬんじゃなく、自分の手でカタをつけてから死にたい」

その考え方は小松にも理解できる。それに一週間で死ぬのが事実だとしても、手持ちの少ない自分には現金はあった方がいい。死ぬ前に一度ぐらい豪遊もしてみたい。

「賛成だ。僕も一緒に行くよ」

小松は最初に賛同の声を上げる。

「そうだな」と田村が続く。「確かにこんな中途半端な状況じゃ、死んでも死にきれない。それに埋めたのは、俺の所有地だ。俺の死後、何らかの形で発見されたら、親戚が混乱する。掘り出しに行こう」

「安東、どう思う?」

「金なんかどうでもいい! 俺の取り分はみんなにやるから、好きにしてくれ」

安東はうつむいたまま、すすり泣きを始めた。

「よし、決まった」

対して、三宅はあくまで冷静である。

「なら早いほうがいい。これから掘りに行こう。

安東、車を貸してくれないか。その代わり、安東にも取り分を渡す。あくまではじめの計画どおり、四等分だ。田村、小松、それでいいな?」

二人が頷《うなず》くと、三宅は早々と腰を上げる。

「ちょっと待ってくれ。一人にしないでくれ。やっぱり俺も行くよ」

安東も涙に濡れた顔を上げ、力なく立ち上がった。

二月一日　土曜日　午後三時

安東の車で田村の実家に向かう。安東はとても運転ができるような精神状態ではないため、ハンドルを握ったのは三宅だ。さすがに崖崩れに遭遇した道は通りたくないという全員の意見は一致した。多少の遠回りはしたものの、何事もなく現地にたどり着き、四人で十年前に埋めた金を掘り始める。

約一時間の労働の末、掘り出された現金は、三宅が予想したとおり埋めた時のまま、手はつけられていなかった。

リセット前の予定では実家に残ると言っていた田村も、今回は一緒に帰るということで、四人で掘った穴を埋め戻す。

安東のマンションに戻り、四人で紙幣を確認する。計二千二十六万円。

間違いない。十年前のままである。

四人の前に五百六万五千円の現金と、揃いの紙袋が置かれる。

たまたま安東の家に、菓子折を入れる手提げの紙袋が四枚あったので、それを使うことになった。

五百万円は、せんべいの紙袋には似つかわしくないが、札束をそのまま持って帰るわけにもいかない。それに、そんな紙袋に五百万円を入れて持ち歩いているとは思われないだろうし、防犯上は好都合だといえる。

「これからみんなは、どうするつもりだ？　死神の言葉が正しいなら、俺たちの残り時間は六日と十六時間しかないが」

身体を動かしたのが功を奏したのか、あるいは状況に順応しだしたのか、三宅は出発前より顔色がかなりよくなっていた。

小松がスマホで確認すると、時刻はもうすでに午後三時を回っている。昼食抜きであったが、状況が状況だけに、特に食欲は感じない。

「僕は帰って、ミステリを書く」

それは往復の車内で小松がずっと考えていたことだ。

「三宅が言うように、僕たちは二月八日に死ぬとは限らない。でも、もしかしたら本当にその時間に死ぬかもしれない。現状で考えたら、その確率は高いように思う。それなら僕はずっとネタを温めていたミステリを、それまでに何とか完成させるよ」

「たった一週間で間に合うのか？」

三宅が痛いところを突く。

「正直、分からないよ。この長編は去年からアイデアを練っていて、来月中には完成させる予定だった。だから六日で完成させるのは、正直きついと思う。

でもこんな状況だ。今回はかなりの自信作だし、完成できずに死ぬかと思うと、死んでも死にきれない。何がなんでも、完成させる」

「小松は強いな」

そうではない。余命を考えると、頭がおかしくなりそうだ。死神に告げられた時は、漠然としか受け止められなかったが、時が経つに従って死に対する恐怖が増している。それについて考えなくて済むための、現実逃避である。

それに実は、今語った話には嘘がある。

アイデアを練っていたプロットがあったのは本当だ。しかし、小松はそれは次回に回す——本当に次回があるのかどうか、はなはだ疑問だが——ことに決めていた。

小松はそのプロットよりも、現状の自分が置かれた状況を、そのまま小説にしてみようと考えていた。フィクションのような『特殊設定』に、現実に巻き込まれた人間の心情を、書き残しておきたい。

冷静に考えたら、これ以上何も大した事件は起きず、ただ単に迫り来る死への恐怖に怯《おび》えながら一週間を過ごし、自分は二月八日の午前七時に死ぬ可能性が高いだろう。

それならば、いくら特殊設定を扱っているとはいえ、そんな物語はミステリとしては、成立しない。

しかしフィクションのように実際に一週間時間を遡《さかのぼ》り、余命を設定された人間の手記などは、世界中のどこにも存在しない。その心情を明確に描写できれば、自分の小説はそれこそミステリのジャンルの枠をも飛び越えて、文学作品として評価される可能性もあるのだ。

そんなチャレンジができるのは、自分以外に誰もいない。小松は迫り来る死への恐怖と同時に、今までにない執筆への意欲を感じていた。

ただ、それを今ここで口にするのは得策ではない。

あくまでノンフィクションで書く以上、二千万円の窃盗についても、記述する必要がある。今の自分にとっては傑作の完成のためなら、時効の成立している十年前の犯罪の告白は些末《さまつ》な問題である。しかしおそらく、他の三人はそうは考えないだろう。

「田村は？」

「そうだなぁ……」

田村も朝より落ち着いて見える。もしかしたら、三宅より落ち着いているかもしれない。ある意味、達観しているかのようだ。

「今決めてることは、家に帰って、浴びるほど酒を飲むことだ。

その後は、そうだな、思い返せば、俺は間違ったこともやったし、やり残したこともある。間違ったことをやり直して、やり残したことをやる、そんな感じかな」

「なんだそりゃ？　えらく抽象的だな」

「俺はミステリアスな男なんだよ」

田村は力なくではあるが、今日初めて笑顔を見せる。

「それに、これはあくまで強がりだが、俺には自分が死ぬ時が分かっている今の状態が、そう悪くないようにも感じてる。自分の余命が分かってるなら、それまでの行動を選択できる。残った時間で、せめて晩節を汚さないように、できるだけ後片付けするさ。まあそんな大した人生でもなかったし、後片付けには一週間もあれば十分だ」

「なるほど、田村も強いな。で、安東はどうする？」

「分からない」

安東の顔色はまだ青白い。

「まだ何も、思いつかない」

「それが普通だよ。安東も酒でも飲めばいい。

幸い今日は土曜日だ。今日と明日は酒でも飲んでゆっくり休め。まあ俺たちの現状を考えたら、休日なんて大した意味もないような気もするがな。そう言う三宅は何をするんだ？」

「何もしない」

「えっ？」

「俺は特にやりたいことは何もない。だから、特別なことは何もしない。本来なら今日は休日出勤をしていたが、それができなかった。代わりに明日出勤して、今日の分の仕事をする。そして月曜日からも、普通に仕事をする。

俺は今までの人生にやり残したことはない。なので死ぬからといって、変わったことをする必要はない。これからも普通の生活をするだけだ」

「三宅が一番強いじゃないか」

田村はため息をつく。

「これからの一週間、俺は前と変わらず仕事をする。まあ今からすることは、一度やった事だから、多分一週間もかからないだろう。余った時間で、俺がいなくなった後も、同僚達が困らないよう、引き継ぎ資料でも用意しておくさ。

まあ強いて違うことと言えば、今からこの金で高級寿司を食いに行ってくる。

幼い頃から今までで、金の呪縛から完全に逃れたのは、今が初めてだ。今夜一晩くらい、思いっきり豪遊するさ」

「それはいいな。安東、小松、俺たちも一緒に行こうぜ」

「やめとこう。俺は一人で行く。行きたかったら、それぞれ別に行け」

「どうしてだ？」

「俺たちの間では、殺人によって余命のやり取りができると死神が言ってただろ。この十年の付き合いから判断して、たった数日寿命を延ばすために、みんなが俺を殺害するとは思っていないが、万が一ということもある。

それに今は異常な状況だ。異常な状況で冷静な判断ができなくなり、誰かが常軌を逸した行動を起こすことも十分考えられる。

非常事態なんだから、変わったことがあれば、密に連絡を取り合うべきだ。しかし、もし連絡を取る必要が生じても、電話やＳＮＳを利用して、実際に会うのはできるだけ控えた方がいい。

みんなと顔を合わせるのは、おそらくこれが最後だ」

三宅はどこまでも冷静だ。五百万円の入った紙袋に手を伸ばした時も、その顔には最後まで笑みはなかった。

二月二日　日曜日　午後二時

目頭を押さえて、スマホで時刻を確認した。

昨日、安東の家から戻って机に向かったのが、午後四時過ぎだったから、二十二時間が経過したことになる。その間、仮眠を取ったのが二時間、食事等にかかった時間が一時間程度だから、約十九時間もパソコンに向かっていたことになる。

今までこんなに集中して小説を書き続けたことはない。もともと肩は凝りにくい体質だが、さすがに疲れを感じる。

残された時間は五日と十七時間。バイト先のコンビニには体調不良を理由に、一週間の休みをすでに連絡した。急な欠勤の連絡に、店長は気を悪くしていたようだが、小松にはもう気にする必要はない。二度と顔を合わせることもないのだ。

残り時間は、すべて執筆に費やすことができる。

二月七日の、自分が安東に迎えに来てもらう場面から始めて、リセット前の飲み会までは書けた。このペースをキープできれば、早々にリアルタイムに追いつくことができそうだ。

一息つくために、小松はコーヒーメーカーに豆をセットする。スイッチを押すと、ミルが回転し芳《こう》ばしい香りが漂った。小松のわびしい生活の中で、唯一の贅沢品である。

小松は普段の執筆時にはまずトリックを考えて、その後トリックを生かせる大まかなプロットを作る。それから場面ごとの詳細設定を考え、伏線をちりばめて、ほぼ完成形のプロットを固めてから、ようやく書き始める。

その後は、書き進めるにつれて細かくプロットを修正しつつ、全体を完成させるという手順を取っていた。

しかし今回はまるで違う。体験談を書くのだから、プロットは必要ない。これなら何とか間に合いそうだ。

コーヒーをマグカップに注ぎ、深く息をついた。

実は、今作を投じようと目論んでいる本格ミステリの新人賞を、小松は五年ほど前に一次選考は通過したものの、二次選考で落とされている。当時は、かなりの自信作が最終選考はおろか、二次選考すら通過しないという現状に落胆した。しかし、今作は、前作とはまるで出来が違う。これなら、受賞できるに違いない。いや、万が一、選考委員の好みに合わずに正賞は逃したとしても、優秀賞ぐらいは間違いなく受賞できる。優秀賞でも出版はされるし、そうなれば歴史に残る名作と評されることになるだろう。

今の自分の状態は、とても小説家とは言えないが、これさえ完成させれば、自分は小説家として死んでいくことができるのだ。

いや、自分の寿命では、出版はおろか、受賞すらも確認することはできない。しかし、自分の名が小説家として残るのは間違いない。

それに、このペースなら、遅くとも二月六日ぐらいには全体を書き終え、死を迎えるシーンをラストに残したところまで終わらせることができる。

そうすれば、二月七日には彼女に会いに行くことができる。もしかしたら、彼女に読んでもらう時間もあるかもしれない。

小松はアンソロジーの一編として採用された自分の短編を、読んでいると彼女に言われた時のことを思い返した。彼女の作品に対する評価は的確で、絶賛してくれた。この作品の素晴らしさも彼女ならば間違いなく理解してくれる。そうなれば、思い残すことはない。

自分にしかできない仕事を成し遂げ、最後は愛する人の胸で死んでいく。小松は目に涙を浮かべながら、甘美な想像に胸を熱くした。


小松が彼女、長浜亜紀《ながはまあき》と出会ったのは、去年の六月のことだ。彼女も小松が卒業した関東大学に在学中の後輩で、紹介したのは田村である。

田村と彼女は大学のOB会――小松も同じ経済学部だったが、出席しなかった――で顔を合わせ、田村が脱サラ前に数年間勤めていた大手商社を彼女が志望しており、就職活動のため数回会っていたそうだ。

その際、ミステリ作家を志している小松が話題に上り、ミステリ研究会に所属していた彼女が興味を持って、田村に紹介を頼んだという。

本来、あまり人付き合いを得意としない小松は、知らない人に会うのを好まない。不必要な人との接触の機会を、可能な限り避けていた。

それを、どうしてもと田村に押し切られて、三人で大学近くの喫茶店で待ち合わせをした。会う前から気は進まなかったし、会ったときの亜紀に対する第一印象は、特に良くはなかった。

亜紀は四年生で二十一歳だったが、身長が百五十センチという小柄で、実年齢より幼く見える。目鼻立ちも整っており、美少女と思えた。

また、ショートカットの黒髪は、色白でややぽっちゃりした体形によく似合っていた。

しかし可愛いとは思ったものの、ひと目で惹かれたわけでもない。正直、自分のような冴えない男が、こんな十歳も年下の可愛い子に相手にされるわけがないという、諦めもあった。

そのため、田村が途中で仕事があるといって、退席した時には戸惑った。無理やり人を呼び出しておいて放置する、相変わらずの田村の無責任さに、腹も立てた。

しかしそれも、最初だけだった。珍しいことに、二人で数分も話すうち、小松は会話に引き込まれた。

なんと、彼女は小松の書いたミステリ短編を読んでくれていたのだ。小松にとって読者に会うのは初めての経験である。

小松の作品は出版されたとはいうものの、あくまでもアンソロジーの一編である。それも十年以上も前の話だ。おそらく、編者が著名なミステリ作家だったので、手に取ってくれたのであろう。自作を読んでくれているだけで感激したのに、彼女はそれを絶賛してくれた。

小松にとって自分の小説が、そんなに褒められるのは初めてで、誇らしかった。

その上、ミス研に所属しているだけあって、彼女はミステリについて、かなり造詣が深かった。

亜紀はサークル活動で二、三の短編は執筆したが、まだ新人賞への応募もしていない。執筆への熱意はあるものの、現状では、ほどんど読む専門だと言うだけあって、その知識は古今東西、新旧洋邦を問わずに多岐に及んでおり、十年以上の年月をミステリにつぎ込んで研鑽《けんさん》を積んできた小松を凌駕《りょうが》するほどの博識ぶりであった。

また小松は亜紀の持参していた自作の短編を読ませてもらったが、それは多少粗い部分はあるとはいえ、そこには才能の片鱗《へんりん》が感じられた。いや、正直な感想を言えば、潜在能力的には明らかに自分を凌駕するようにも思われる。

嫉妬を感じながらも、そんな年下の有望な大学生に熱い眼差《まなざ》しを向けられ絶賛されて、小松は今まで感じたことのない胸の高鳴りを感じていた。

そして、夕方まで三時間近くも喫茶店で話し込み、話し足りないという彼女に夕食に誘われた時には、小松は明らかに彼女に魅了されていた。

そして、居酒屋でも話は大いに盛り上がり、彼女に誘われ、亜紀の部屋で飲み直すことになった。

一人暮らしの女性の部屋に入るのは、小松にとって初めての経験だった。亜紀の部屋は小松の想像する女の子の部屋にはほど遠く、キッチンも機能的でシンプル、寝室にもかわいらしいぬいぐるみやコスメなどはなく、彩りといえば沖縄らしき風景写真のカレンダーが壁に掛けられているだけだ。本棚にミステリが整然と並べられているところは、小松の部屋と共通している。

しかし女性の部屋の匂いは、小松をいやが上にも興奮させた。

そしてその日、小松は亜紀の誘いで、彼女の部屋に泊まった。小松にとっては、夢を通り越して天国のような展開である。

亜紀のベッドで肌を重ね終え、恍惚《こうこつ》とした心地に浸っていた小松は、亜紀を抱きしめながら語った。

「実は僕、初めてだったんだ」

事実、それが人見知りで奥手な小松の初めての女性経験だった。

「私も……です」

亜紀が小声で答える。彼女は顔を小松の胸に埋《うず》め、表情はうかがい知れなかったが、その肩は小さく震えていた。もしかしたら泣いているのかもしれない。

彼女のためなら、死んでもいい。小松は心から思い、これまでに感じたことのない幸福感に満たされ、柔らかな身体を強く抱きしめた。


その後、二、三度食事はしたが、ここ最近は卒業論文の追い込みで忙しいということで、直接会えてはいない。それどころか、ＳＮＳでのメッセージのやり取りはしたが、満足に電話もできていない。時期的に考えて、今も彼女は忙しいのかもしれない。

いや、確か自分の時の卒論の期限は、一月末だったはずである。多少十年前とは状況が変わっているとしても、亜紀もそろそろ手が空いて、連絡をくれるかもしれない。何とかそれまでに、自分の方も仕事を完成させなければ。

小松は机の片隅に置いてあったキーホルダーを手に取る。

自宅の鍵を付けたそれは、細い組紐で直径二センチほどのガラス玉が先端に結わえられている、どこにでも売っているような、ありふれた土産物だ。

初めて亜紀と会った日、居酒屋から亜紀の自宅に移動する道ばたの露店で、お揃いで購入した。亜紀のものにはピンクのガラス玉、小松のものにはグリーンのガラス玉が結わえ付けられている。

亜紀が目に留め、気に入ったようなので、小松が亜紀に買ってやったものだ。亜紀ほどの美人であれば、もっと高価なアクセサリーを欲しがってもおかしくない。それなのに二つで五百円もしない安っぽいガラス玉を、亜紀は子供のように喜んでくれた。

それ以来、小松にとってこれが何よりの宝物となっている。

小松はガラス玉を握りしめ、できるだけ早く小説を完成させて、亜紀に会いに行く決意を固めた。

小松が気合いを入れ直した時、スマホが着信を告げる。記憶では、今日の着信はゼロだったはずである。共にリセットを経験した、三人のうちの誰かであろうか。何か予想外の事態が発生したのか。

恐る恐る画面表示を見る小松の目に、意外な名前が映る。長浜亜紀だ。

どういうことだ？　前回、このタイミングで亜紀からの着信などなかったし、リセットが適用されていない亜紀は、前回と変わりない生活を送っているはずだ。まさかリセットを経験した自分に超自然的な力が宿り、想いが亜紀に伝わったのか。そんな荒唐無稽《こうとうむけい》な想像をしながら、小松は電話を取る。

「もしもし、小松さん」

久しぶりの亜紀の声だ。誰かに聞かれないように、通話口を押さえながら話しているのか、その声は小さく聞き取りにくい。

不審に思いながらも、亜紀の声を聞けただけで、小松の心は躍る。

「亜紀ちゃん、久しぶり。どうしたんだい。何かあった？」

「小松さん、私……、どうしていいか、分からない。どうしてこんなことになったのか」

亜紀の声は涙声のようにも聞こえる。小松は汗ばむ手でスマホを強く握りしめた。

「亜紀ちゃん、落ち着くんだ。一体どうしたんだ？」

「分からない。私は何もしてないのに、本当に何もしてないのに、なのにいきなりこんなことに——」

耐え切れなくなったのか、泣き声を上げる。

「亜紀ちゃん、泣いてちゃ分からない。今どこにいるんだ？　取りあえず落ち着いて」

「ごめんなさい、いきなり電話してごめんなさい。迷惑だって分かってます。でも私、小松さん以外に、こんな時に相談する人がいないんです。ごめんなさい」

「謝らなくてもいいよ。迷惑なんかじゃない。僕でよければ、いつでも力になる。今どこにいるんだ」

「田村さんのお家です」

「田村の家？　なぜ亜紀ちゃんが、そんなところにいるんだ？」

「今朝いきなり田村さんから、電話があって、どうしても就職活動について今日中に話さなきゃいけないことがあるから、家に来てくれって言われたんです。それで来てみたら、田村さんが、田村さんが――」

亜紀は田村が勤めていた商社ではなく、都市銀行に就職を決めている。今さら就職の話なんて、あるとは思えない。

そういえば、田村はどちらかと言えばモテる方だったし、あまり女癖も良くなかった。まさか、もう死ぬのだからと、適当な用事をでっち上げて亜紀を呼び出し、乱暴しようとしたのか。さすがに、いくら田村でもそんなことをするとは考えられなかったが、血迷うことは、十分あり得るかもしれない。

「田村がどうしたんだ？　亜紀ちゃん、田村に何かされたのか？」

「私は何もされてません！」

亜紀は叫び声を上げる。

「私は、何も、されてませんけど」亜紀はしゃくり上げながら、必死に言葉を続ける。「いきなり、私に付き合って欲しいって告白してきたんです。

断ったら、寂しそうに笑って、それならそれで構わないから、これを自由に使ってくれって五百万円の札束を差し出してきたんです」

例の五百万円だ。田村は亜紀に心を寄せていたのか。そして交際を断られても、その五百万円を愛する亜紀に託したのだ。

その気持ちは、小松にも理解できる。自分も同じことを考えていたのだから。

しかし、それに続く亜紀の言葉は、小松の予想をはるかに超えていた。

「私いきなりのことで、びっくりして。もちろん、そんなの受け取れないって断ったら、自分には使い道のないお金だから是非もらって欲しいって、田村さんそう言って……。

そのまま、いきなりナイフを取り出して、田村さん、微笑《ほほえ》みながら自分の胸を刺したんです」

二月二日　日曜日　午後三時三十分

何度も迷った末、結局、小松は三宅と安東に連絡した。

三宅はもう会うことはないと言ってはいたが、これは明らかにリセットが原因で発生した非常事態だ。今後の対応を三人で話し合う必要がある。

連絡を受けた休日出勤中の三宅が、小松、安東の順で自家用車で迎えに来てくれた。三人で田村の自宅に向かう。

「亜紀ちゃん、僕だ。ここを開けてくれ」

玄関チャイムを鳴らし、インターフォンで呼び掛ける。幸いなことに、周囲に人影は見当たらない。しばらくして、解錠音がしてドアが小さく開き、亜紀が青白い顔を見せた。その唇は震えている。

「小松さん、その人たちは？」

当然、亜紀は小松が一人で来ると思っていたのだろう。三宅と安東の姿を認めて、怯《おび》えの色が見える。

「僕の友達だ。心配ない、彼らは信用できる。取りあえず中に入れてくれ」

それだけの説明で納得したというわけでもないだろうが、彼女はドアを開け、三人は素早く室内に足を踏み入れた。

数ヶ月ぶりに目にする亜紀の姿は、前回会った時より、頬も全身もややふっくらしているように見える。しかしその分、色白の肌は美しさを増していた。

小松には、ゆったりとしたニットのワンピースに包まれた柔らかな彼女の姿が、愛らしさに磨きが掛かったように思える。一瞬、三宅や安東の存在も忘れて、思いっきり抱きしめたい衝動に駆られる。

いや、今はそんな場違いな感傷に浸っている場合ではない。亜紀の色白の頬からは血の気が引いている。

小松は室内に目を向けた。

足を踏み入れた部屋は、普段は会社の事務所として使用されているのであろう、壁際にはチューブファイルが詰め込まれた書棚が、中央部には一組の事務机と応接セットが置かれていた。

そこまでは個人事務所のあつらえとしては、一般的なものだ。しかし、それ以外に会社の事務所としては、明らかに異質なものがあった。

それは応接セットのソファーの前に、ダウンベストを着て横たわる田村の姿である。

ソファーとテーブルの間に、田村は左半身を床につけ、身体をくの字に折り曲げて倒れている。両手は胸にあてられ、握りしめられたその間からナイフの柄《つか》が見える。ナイフの刃は確認できないが、ダウンベストの胸は血まみれで、床にも血が達している。眉間には深い皺《しわ》が刻まれ、まぶたはきつく閉じられていたが、逆に口は半開きだ。

テーブルの上には、見慣れた紙袋と五百万円——まず間違いなく例のものだろう——の札束が置かれていた。

思わず田村に駆け寄ろうとする小松に、三宅の鋭い声が飛ぶ。

「触らない方がいい」

確かにそうだ。亜紀の電話からはすでに一時間以上は経過しているし、ナイフの位置から考えても、その切っ先は間違いなく心臓に達している。

全く動かない様子から判断しても、田村が絶命しているのは間違いないだろう。今さらできることはない。

「ここじゃ落ち着いた話はできない。場所を変えよう」

三宅が隣室に繋がるのであろうドアを指す。隣室に移動すると、そこは壁際に段ボールが置かれたスチールラックと、大型の冷凍庫が並んだ、倉庫らしき部屋だ。中央に置かれた四人掛けのテーブルセットの椅子に、四人が腰を下ろす。

「長浜さん、俺は三宅正浩と言います。こっちは安東達也。俺たちは田村と小松の大学時代からの友人だ。

複雑な説明は省くが、田村を含む俺たちは、ある理由でここ数日四人で行動を共にしている。一蓮托生《いちれんたくしよう》だと思ってもらっていい。

大丈夫、俺たちは口は堅いし、秘密は守る。君にとって都合の悪いことは、俺たちは絶対に口外しないし、悪いようにはしない。それが俺たちのためでもある。だからあったことを、正直に話して欲しい」

初対面の三宅の説明では、話が意味不明に聞こえたのだろう、理解が追いつかない亜紀は不安げな目を小松に向ける。

小松は勇気づけるように、大きく頷《うなず》いた。

「大丈夫、君は僕が守る。三宅が言うように、正直に話してくれ」

小松は机の下で亜紀の手を握る。それで落ち着きを取り戻したのか、亜紀が少しずつ話し出した。

「さっき、小松さんにも電話でお伝えしましたが、今朝、田村さんから電話がありました。そして、就職活動に関して、どうしても今日中に話したいことがあるから、家に来てくれないかと言われました。私はもう就職は決めているんで、おかしいなとは思ったんですが、田村さんには一時期いろいろ相談に乗ってもらってたのは本当のことですし、強く言われると断り切れなくて来てみたんです」

「それは何時頃？」

「一時半の約束だったんで、家に着いたのはその五分ほど前だったと思います。

そして隣の部屋でしばらく世間話のような話をしてたんですが、私が就職に関する話って何ですかって訊《き》いたら、田村さん、それは嘘だって。どうしても私に会いたかったから嘘をついたって。それでいきなり、付き合ってくれないかって、交際を申し込まれたんです」

「田村は以前から君に好意を抱いていたの？」

「全然、そんな感じじゃありません。食事に誘ってもらったことはありましたけど、その時も就職の話しかせず、田村さんは全くそんな素振りを見せませんでした」

「で、君はどうしたの？」

「お断りしました。

でも田村さん、結構しつこくって。一週間でいいから付き合ってくれって」

小松たち三人は、無言で顔を見合わせる。これが田村の言っていた、やり残したことなのか。

「そして最後には、紙袋からお金を取り出されて、ここに五百万円ある、これを君にあげるから、一週間だけ付き合ってくれって言われました。これは一週間分の手間賃だって」

「君はそれも断ったと」

「もちろんです。私、驚いたと言うより、なんだか怖くなってしまって。付き合うだけで五百万円なんてあり得ないし、そういえば田村さん、ちょっとお酒臭かったような気もしました。

それに真面目な顔を見てたら、思い詰めたような目つきが常軌を逸してるようにも見えてきたんです。

それで私には付き合ってる人がいるって言ったんです」

亜紀は小松の顔を見る。

「君は小松と付き合ってるの？」

亜紀との交際は、田村や三宅たちには話していなかった。特に隠していたわけではないが、彼らとは年に一回しか会わないし、単に言うタイミングがなかった。いや、よく考えてみれば、亜紀との関係を人に公表したのは、これが初めてだ。

三宅の質問に、亜紀は恥ずかしそうに小さく頷いた。そのいじらしさに、こんな時なのに、小松の胸に照れくさい思いが込み上げる。思わず握っていた手に、力を込める。

「すると、田村さんも納得してくれました。そして、もしかしたら付き合っている相手って、小松さんかって訊かれました」

「で、君は何て？」

「そうだって認めました。そうしたら、それならよかった。紹介した自分としても嬉しいし、小松と仲良くやってくれって言われました。で、いきなり変なことを言い出してすまなかったって、寂しそうにですが、笑って謝ってくれたんです。

それで安心したんですが、でも続けて、それでもこの五百万円は私にもらって欲しいって。自分が持っていても使い道のないお金だから、私に使って欲しいって言うんです。

付き合ってくれなくても、これはあげるって」

「君はそれも断った」

「もちろんです。使い道がないと言ったって、お金はお金です。田村さんのように自分で会社をされている方なら、今すぐの使い道はなかったとしても、お金があって困ることはないはずです。

私にそんな大金をもらう理由もありませんし、やっぱり私、怖くなってしまってお断りしました。

そうしたら田村さんが……」

亜紀は目に涙を浮かべる。

「このお金は本当に自分には必要ない。

不労所得だけど、どこからも文句がつけられるようなお金じゃない。なので君が人生を楽しむために有意義に使って欲しいって。

自分はずっと君のことが好きだったけど、今まで告白する勇気がなかった。最後に自分の手で君を幸せにしてあげたいと思ったけど、それは単なる自分のエゴで、君がもうすでに幸せなら自分にやれることは何もない。だが何が何でも、このお金だけは私にもらって欲しいって言うんです。

それで私、やっぱり怖くなってしまって、本当はそんなつもり全然なかったんですが、何とかこの話題を少しでも早く終わらせたくて、思わず頷いてしまったんです。

すると田村さん、笑って、本当に屈託なくにっこり笑って、これで思い残すことは何もない。ただ自分の存在を覚えておいてくれ、自分という存在を、君の記憶の一部として存在させることだけは許してくれ、それだけで自分には生まれてきた意味がある、本望だって言われて」

亜紀はこらえきれずに小松の手を離し、顔を覆った。

「そして田村さん、いきなり取り出したナイフで自分の胸を刺したんです」

「なるほど。それから君は小松に電話したんだね」

衝撃的な告白にも拘《かか》わらず、三宅は淡々と話を進める。

「そうです」

「他には誰にも連絡してない？　警察や救急にも」

はい、と消え入りそうな声で亜紀は答え、ただ、と話を続ける。

「もしかしたら、田村さんのいたずらかもと思って、しばらくしてから脈を確認したんです。私、父と母が医師と看護師で、いえ母はもう亡くなっていて、医師である父と高校を卒業するまで二人暮らしだったんですが、応急処置を父に教えられていましたから。

いえ、脈の取り方を教えてくれたのは、父じゃなくて私が中学生の時に亡くなった母だったんですが、母は山羊座だったせいか責任感が強くて、子供でも脈の取り方ぐらいは知っておくべきだって」

やはり亜紀も混乱しているようだ。だが少なくとも、田村の死亡確認をしたことは伝わった。

「とにかく田村さんの脈を見たら、全然ありませんでした。それに手も、少し冷たくなり始めているような気もして。それでどうしていいか分からなくなって、小松さんに連絡したんです」

三宅は考え込む。

亜紀のすすり泣きだけが、静かな室内に響く。

情けないことに、小松には掛ける言葉が見つからない。安東は来る時の車中でも無言だったし、今も全く会話に参加していない。

「なるほど、よく分かりました」

しばらくしてから、三宅が口を開く。

「いくつか質問をさせて欲しい。

長浜さんは以前、何度か田村と会っていたそうだけど、田村の家に来たことはあるかい？」

「ありません。いつも外で会ってました。この住所も、今日初めて教えられました」

「ここへはどうやって来たんだい？　俺たちのように車？」

「いえ、私は免許を持ってません。最寄りの駅まで電車で来て、そこからは徒歩です」

「今日ここに来ることを、誰かに話した？　もしくはここに来るまでの間に知り合いに会ったとか、ここに入る時に人に見られたとかはない？」

「急な話だったんで誰にも話してませんし、途中で知人に会ったりもしてません。ただ、ここに入る時のことは、気にしてなかったのでよく覚えていません。人通りはなかったので、誰にも見られてないと思いますが、確実とは言えません」

「さっきも言ったが、俺たちは君の味方だ。だから包み隠さず、事実を教えて欲しい。小松の前で答えにくいかもしれないが、君と田村は、隠れて付き合っていたり、もしくは以前から言い寄られていたということは一切ないね？」

「ありません。私は嘘はついてません」

「それならいい」

三宅は頷いて話を続ける。

「君は今、凄く混乱しているだろう。いきなり目の前で人が自殺したんだから、当然だ。で俺たちは、君の疑問に思っていることの答えを知っている。詳しい説明はできないんだが、俺たちも凄く複雑な状況にいて、話せることと話せないことがある。

その上で取りあえず、俺の考えを聞いて欲しい。君は知らなかっただろうが、実は田村の余命はあとわずかだったんだ」

「そんな……、凄く元気そうだったのに。病気ですか？」

「そうだ」

三宅は表情も変えずに、さらりと嘘をつく。しかし仕方ない。それ以外には説明のしようがない。

「田村はかなり珍しい難病を患っていた。余命はあと一週間程度で、本人もそれを知っていた。だから、最後に君に想いを伝えて、死にたかったんだと思う」

「自分の胸を刺して、ですか？」

確かに自殺の方法として、人の前で自分の胸を刺すのは一般的な方法ではない。

「そうだ。珍しいと感じるかもしれないが、前例がないというほど、変わった方法でもない。田村の言葉を信じるなら、少しでも鮮烈な自分の姿を、君に覚えていて欲しかったんだろう。まあ、趣味のいいやり方だとは、言いかねるけどね。

とにかく、君が五百万円を受け取ることに同意したから、田村は安心して死んでいったんだ」

「私が受け取るって頷いてしまったから、田村さんは亡くなったんですか？」

再び亜紀の目がうるむ。

「いや、ごめん。これは誤解を生む表現だ。

君が受け取ろうと受け取るまいと、結果は変わらなかっただろう。どちらにしろ、田村は死を選んだが、より満足して旅立てたという意味だよ」

三宅は亜紀を元気づけるように、力強く笑いかける。

「だから、あの五百万は、田村の遺言に従って、遠慮なく君が持ち帰っていいと思う。実は俺たちはあの五百万円の出所を知っている。君が持っていっても、何ら問題のない金だ」

「出所って、どこなんですか?」

「今は話せない。だがそう遠くない将来、小松から説明できるかもしれない。少なくとも今言えるのは、あの金がここから消えても不自然な点は一切ないってことだ。

そして、できれば君は五百万を持って帰って、今日ここに来なかったことにしてもらいたい」

「どういうことですか? 警察に連絡しなくていいんですか?」

「本来なら、そうすべきだと思う。だが、これも説明できないが、俺たちは実は凄く複雑な立場にいて、これから一週間程度、それぞれが手の離せない用事を抱えている。現時点で警察に連絡して、状況を事細かに説明することは不可能なんだ」

三宅の説明に、亜紀は怪訝《けげん》な表情を浮かべる。

「君だけでなく、俺たちがここに来たことも警察に知られたくない。

なので、もし君がどうしても警察に知らせるというのなら、俺たちがここに来たことは内緒にして欲しい。ただそうすると、田村の死亡から通報まで時間が開き過ぎることになるし、自らの胸を刺した田村の死に方や、五百万円の件から、君が警察にあらぬ疑いを掛けられることもあり得る。

だから、君は金を持って出て行って、ここには来なかったし、俺たちもここに来なかったことにする。それが、お互いにとってベストな選択だ。

幸い、この家に防犯カメラはないし、インターフォンにもカメラはない。この家を訪ねた君や俺たちの画像が、記録されていることもないだろう。

しばらくしたら田村の遺体は、誰かが発見するだろう。警察への通報はその誰かに任せよう。田村には妻子はいないし、両親も他界している。発見が二、三日遅れても問題はない。時期的に考えて、遺体の腐敗もそう進まないだろう。

もちろん、町中に防犯カメラもあるし、長浜さんがここに来たことが警察に発覚することもあり得るだろう。その場合は、俺たちの存在を含めて、警察に正直に説明してもらって構わないし、警察に通報しないよう、俺に指示されたと正直に証言してくれてもいい。そうなったら、俺たちは逃げも隠れもせずに、ちゃんと正直に警察に状況を説明する。

ただ、今ここで、田村の遺体を隠したりするような、余計な行為はするべきじゃない。俺たちがするべきことは、ここに来なかったことにして、すぐに出て行くことだけだ。

何故《なぜ》なら警察はいつかは、田村の遺体を発見する。そしてこの状況から考えて、間違いなく遺体を検分するはずだ。俺たちが余計な小細工をすれば、その時に見破られる確率が高い。

長浜さんが言うように、田村が自殺したのが事実なら、いくら自分で自分の胸を刺すという自殺方法が珍しいものでも、警察はそんなことに惑わされず、ちゃんと自殺だと判断するだろう。余計な作為は慎むべきだ。

ああ、田村のスマホには、今朝、長浜さんを呼び出した発信履歴が残っているはずだ。それについては、何らかの言い訳を考えておいてくれ。夕食に誘われたけど、断ったとか。それと、長浜さんがこの家に来たのは今日が初めてだから、指紋を消す必要はある。俺たちの分もね」

亜紀は困ったように、小松を上目遣いでうかがう。

小松はその瞳を見つめながら考えをまとめて、しばらくして口を開いた。

「亜紀ちゃん、僕も三宅の言うようにするのが一番いいと思う。君は何も悪いことはしていない。痛くもない腹を警察に探られるのも、面白くないだろう。

それに三宅はそう遠くない将来と言ったが、数日のうちには、君に納得できるようにすべてを説明する。お金のことも、僕たちが抱えている事情についても。だから、その時まで待ってくれ」

亜紀は小松の顔をしばらく見つめてから、ようやく頷いた。

「分かりました。小松さんがそう望むなら、そのとおりにします。小松さんはいつも私のことを一番に考えてくれますから。でも約束は守って下さいね。しばらくしたら、全部説明して下さい」

亜紀は涙に濡れた瞳で、まっすぐに小松を見つめる。自分が彼女を守らねばならない。そう決意を新たにしていると、その日初めて安東が口を開いた。

「小松が殺したんじゃないのか?」

小松はギョッとする。安東の小松に向けられた視線は、怯えと猜疑心に満ちている。

「小松が彼女と、口裏を合わせてるんじゃないか？　小松は田村の余命を奪うために、田村を殺した。理由はミステリを完成させるためだ。小松は昨日あれから帰って、ミステリに取りかかった。が、どうしても八日までに間に合わないことに気づいて、田村を殺害した。で、彼女を使ってそれをごまかして、次は俺と三宅の番じゃないのか？」

「安東、黙れ」

三宅が冷ややかに言い放つ。

「そんなことは、俺もとっくに考えた。だが、理屈が通らない。安東が言うような動機で、小松が田村を殺害したとする。だがそれを、俺たちに連絡する必要がどこにある？　もし俺たちも殺害するつもりなら、それを知らせても俺たちを警戒させるだけだ。わざわざ自分の罪を俺たちに知らせる必要はどこにもない。つまり田村を殺害したのは、小松じゃない。安東、混乱するのは分かるが、こんな時こそ落ち着くんだ。俺たちは今、奇妙な偶然で同じ船に乗っている。俺たちが仲間割れして、お互い疑心暗鬼にとらわれている場合じゃない」

三宅の理路整然とした説明に、安東は何も言い返せない。しばらくして納得したのか、

「小松、悪かった」

と、ぽつりと詫びる。

「気にしてないよ」

小松は安東に疑いを掛けられたことより、三宅がとっくに自分と亜紀の共謀殺人まで検討済みだったことに、驚きを隠せなかった。

二月二日　日曜日　午後四時

その後、少なくとも施錠ぐらいはするべきだということになり、極力指紋をつけないように注意して四人で鍵を探した。田村がいつも使っているのであろう鍵は、事務所の机の上にすぐ見つかったが、それを持ち出すわけにもいかない。

しばらく探して、机の中からスペアキーを見つけ出した。

みんなで自分が触ったと思われる場所の指紋を拭き、スペアキーで玄関を施錠して外に出る。スペアキーはどこかに廃棄する案も出たが、万が一にも廃棄場所から発見されると、第三者の介在を疑われることにもなりかねない。

そこで『ベタなところにスペアキーを隠すのは、不自然でもない』という安東の意見を採用し、念入りに指紋を拭ったスペアキーを玄関脇の鉢植えの下に隠す。防犯上問題がないとは言えないが、防犯を気にすべき田村はもういない。

亜紀は最後まで気乗りしない様子だったが、結局、田村の五百万円は例の菓子の紙袋に入れて亜紀が持ち帰ることになり、帰路は亜紀も三宅の車で送ることになった。

車中で今後連絡を取る必要が生じるかもしれないと、三宅と安東はそれぞれの連絡先を亜紀と交換する。安東は携帯の番号を書いたメモを、三宅は社用の携帯番号の入った会社の名刺を亜紀に手渡した。亜紀も自分の携帯番号を二人に伝える。

ルートの関係で、まず安東を降ろす。

マンションに向かう安東の背中は、以前よりも小さく見え覇気がない。かなり追い詰められているようだ。

次に亜紀を自宅前に降ろす時、五百万円の紙袋を大事そうに胸に抱えた彼女が、小松に声を掛ける。

「小松さん、ちょっと寄っていってもらえませんか？」

「長浜さん、申し訳ない」小松が答えるより前に、三宅が答えた。「小松とちょっと話があるんだ。悪いが彼氏を借りるよ」

三宅の言葉は丁寧ではあるが、有無を言わせない迫力があった。仕方なく、

「亜紀ちゃん、ごめん。後で連絡する」

小松がそう返すと同時に、三宅は車を発進させた。

話があると言ったくせに、三宅は黙ったままハンドルを握る。小松もしばらく無言で窓の外を眺めていたものの、重苦しい空気に耐えきれなくなった。

「話って何？」

「小説の進行はどうだ。間に合いそうか？」

言われて初めて小説のことを思い出す。車の時計を見ると、午後四時三十分だ。亜紀の電話が二時過ぎだったので、二時間半ほど時間を消費したことになる。

体感ほど時間は経過していないが、リセット終了まで、五日と十四時間三十分である。

「何とかなると思う。というか、そんなことが聞きたいのか？」

「信用してるのか？」

「え？」

「長浜さんだよ」

三宅は車を進めながら、淡々と続ける。

「俺は自分の心臓を刺すという自殺方法も、さほど珍しいものじゃないとは言った。確かにそれもそうだが、珍しくないとは言っても、一般的な方法だとは言い難い。彼女が嘘をついている可能性も十分にある」

「それって……」

「怒るなよ。あくまで可能性の話だ。

たとえば、交際を断られた田村が自暴自棄になって、ナイフを手に取り、彼女に襲いかかり無理やり欲望を満たそうとする。それに抵抗した彼女がナイフを奪って、思わず刺してしまった、というストーリーは十分考えられる。

もっと想像力を豊かにすれば、実は彼女は田村と小松に二股をかけていて、それを知って錯乱した田村との痴話喧嘩がエスカレートした犯行だとも考えられなくもない」

「あり得ないよ」

「自分の心情以外に、あり得ないと言い切れる根拠はあるか？」

小松は言い返せない。

「俺たちはもうすでに、一週間のリセットという信じられない状況に陥っている。ということは、信じられないことが起きても、おかしくない。小松は彼女を信じているようだが、俺から見れば、それはかなり危険な状態だ。

今日知り合ったばかりだが、彼女はかなり聡明な女性だ。多少混乱はしてるようだが、こんな非常事態なのに、自分の置かれた状況を理路整然と説明できて、そこに論理の破綻《はたん》もない。しかし俺は逆にそこに怖さを感じる。確かに彼女は俺たちと違い、リセットは設定されていない。だから、寿命を延ばすために、田村を殺害することはあり得ない。

だが、田村の胸を刺し貫くという死に方は、自殺でない可能性を拭いきれない。で、自殺でないとすれば、あの状況からは、彼女が殺したということになる」

小松の鼓動が速まる。まさか、彼女に限ってそんなことはあり得ない。そうは思うものの明確に否定する言葉は見つからない。

「もっと極論で言えば、俺は安東も完全に信用しているわけじゃない。

小松と彼女が共謀して田村を殺したという安東の仮説は、小松と安東を入れ替えても成立する。もしかしたら、彼女と安東には秘密の接点があって、安東が彼女を頼って田村を殺害したのかもしれない」

「それこそあり得ない」

「だから前提として、俺たちが置かれている状況が、すでにあり得ないんだ。そんな俺たちが、何があり得て何があり得ないかを、判断はするのは不可能だ。しかし、この仮説も小松の場合と同様、田村の殺害を俺たちに知らせる必要がないという意味で否定はできるがな。

ただ、さっきは、田村の死を俺たちに伝えたことを理由に、小松と彼女の共謀説を否定した。だが逆説的に考えれば、小松はそこまで計算に入れて、俺たちを油断させるために、田村の死をあえて俺たちに伝えたとも考えられる。

それに、やろうと思えば、もっと整合性の取れた仮説も構築できる。小松は田村を殺害した。動機はもちろん、執筆のための延命だ。そして田村の余命を手に入れた小松は、それで十分作品を完成させる目処《めど》が立ったので、俺と安東の殺害は必要ないと判断し、彼女を使って嘘の情報を俺たちに伝え、俺たちの疑いを逃れる。そう考えても、どこにも矛盾は生じない。

ただその場合、小松は現状の寿命で満足しているので、俺たちに危害を及ぼす可能性はない。なので、さっきは無駄に安東を混乱させるのを避けるために、そこまでは言及しなかったが、可能性としては、そういうこともあり得るということだ。

つまり、何が言いたいかというと」

前を見つめる無表情な三宅の視線は、ほとんど動かない。

「現状では誰も信じることはできない。俺は小松も安東も、もちろん長浜さんも信用しちゃいない。

長浜さんは真実を言っているのかもしれないし、嘘をついているのかもしれない。それは俺には判断できない。小松は付き合ってるんだから、俺よりは彼女に関する情報を多く持っているはずだが、それだって正しいかどうかは分からない。

結局は、用心するに越したことはないということだ。俺は誰も信用しない。それが証拠に、これを見ろ」

三宅は左手でハンドルを操りながら、右手を上着の胸ポケットに入れ、二十センチほどの棒状の物体を取り出す。

小松は息を呑んだ。鞘《さや》に入ったナイフだ。

小松が見たのを確認して、三宅は再びナイフを胸ポケットに戻す。

「安心しろ。昨日も言ったが、俺は普通の生活を送りたいだけだ。小松や安東に危害を加えるつもりはない。あくまで二人が、俺に危害を加えようとしない限りな。

だが、小松や安東には、寿命を延ばすために俺を殺害するという動機がある。だから二人と会うのなら、当然これぐらいの用心はする。

安東はかなり精神的に参っているようだし、血迷った行動を起こしても不思議はない。

小松も最低限の用心はした方がいい。今後は余程のことがない限り、俺たちが直接会うことは避けよう」

反論できない小松に、まあどうしようが、俺には関係ないけどな、と三宅は付け足した。

二月二日　日曜日　午後五時

小松は自宅に戻り、施錠してU字ロックも掛ける。気が抜けたように床に座り込み、大きく息をついた。田村の突然死。三宅の言動。前頭葉が鈍い痛みを訴えている。

三宅は誰も信用していない。ナイフを見せたのも安東を疑っていて、小松に用心を促すためではない。自分の身を守るために、小松を牽制したのだ。そして三宅自身も、小松がそれを理解することを知っている。

いつだって恐ろしく冷静な奴だ。いや、冷酷と言った方がいいのかもしれない。小松は再び大きく息を吐いた。

別れ際に約束したように、亜紀に連絡しなければ。今頃、彼女は不安に震えているはずだ。そうは思いながらも、小松は三宅の最後の言葉が頭から離れず、スマホを取り上げることを躊躇する。

亜紀が田村を殺した、そんなことがあり得るのだろうか。

亜紀と田村は、旧知の間柄だ。二人が知り合ったのは、小松よりも先である。信じたくはないが、二人の間に小松が知らない関係があったとしても、不思議ではない。

田村の死は、リセット前には起きなかった。ということは、リセットが原因で発生したのは間違いない。そして、亜紀にリセットは設定されていない。なら今回の事件は、リセットが設定された、田村の行動に起因することは間違いない。

たとえば三宅が言うように、寿命を知った田村が、自暴自棄になって亜紀に襲いかかり、その結果返り討ちに遭ったというのも、あり得ないとは言い切れない。

しかし、もしそうだとして、あらかじめナイフを用意し亜紀に迫ったのなら、抵抗されて亜紀が田村を殺害したとしても、正当防衛が成り立つはずである。あるいは亜紀がナイフを用意し、殺意を持って田村に接触して殺害したのか。

いや、それこそあり得ない。亜紀が田村に殺意を持って今回の事件を起こしたとしたら、事件はリセット前にも起きているはずである。

やはりナイフを用意したのは、田村で間違いない。その上で、亜紀が田村を殺害してしまったと仮定すると、亜紀の行動は不自然である。

亜紀は聡明な女性だ。正当防衛に思い当たらないはずはない。もし田村を殺害したのが亜紀ならば、正当防衛で自分が無罪になることを見越して、小松や警察に正直に証言するはずである。

それに故意であれ過失であれ、亜紀が田村を殺害したとすれば、彼女の行動は根本的に整合性に欠ける。

ミステリに詳しいのだから、亜紀は日本の警察の優秀さを知っている。亜紀が殺害したのなら、田村の両手をナイフに添える程度の作為をしても、警察が調べれば、すぐに田村の遺体の状態から他殺であることは判明し、スマホの通話履歴から、自分がすぐに捜査線上に浮かぶことに気づかないとは考えられない。

自分たちのようにリセットが設定され、余命が一週間と決定しているなら、身を隠して一週間ぐらい逃げ切れると考えてもおかしくはない。しかし、リセットに関係ない亜紀がそうするとは思えない。

つまり亜紀は真実を話している。田村は告白が受け入れられなかったことに絶望し――あるいは納得し――、自ら死を選んだ。それで間違いない。小松は取りあえずそう納得する。

亜紀には何の非もない。彼女は自分たちのリセットに、巻き込まれただけだ。

それならば一秒でも早く亜紀に電話して、涙に暮れる彼女を元気づけなければならない。それが恋人である自分の責務だ。

小松は亜紀とお揃いのキーホルダーを握りしめながら、スマホを手に取った。

待ちわびていたらしい亜紀は、ワンコールが鳴る前に電話を取り、すぐにでも小松に会いたいと訴えた。しかし小松は、仕事が立て込んでいること、できるだけ早く仕事を終わらせて、遅くとも数日中には時間を作ると説得する。

「分かりました。わがまま言って、ごめんなさい。でも不安で不安で、仕方ないんです。ご迷惑なのは分かってるんです。でもこんな時だからこそ、小松さんと二人きりで会いたいんです」

亜紀にそう訴えられると、正直嬉しいし小松の心も動く。亜紀に会いたいのはもちろんのこと、亜紀がこんな目に遭ったのは、自分たちのせいでもあるのだ。できることなら今すぐ飛んでいって、彼女を元気づけたい。

しかし、今は作品を完成させなければならない。これこそが自分の一生の仕事、生きてきた証《あかし》なのだ。生涯で一番の傑作を完成させることが、亜紀の喜びにも繋がる。

小松は心を鬼にして電話を切り、パソコンに向き合って、書きかけのテキストを開く。

現時点で、リセット前の飲み会まで到達している。今から、自動車事故と死神との邂逅《かいこう》によるリセットの設定、現金を掘り出す場面、そしてたった今経験した田村の自殺へと続けていこう。

はなはだ不謹慎な考え方で、田村には申し訳ないが、彼の死を描くことで、作品の物語性はより一層深まるだろう。

小松は今まで以上に気合いを入れ直し、執筆に没頭した。

二月三日　月曜日　午後八時

久しぶりに小松のスマホが着信を告げた。相手は三宅である。

「今どこだ？」

三宅は前置きもなく訊ねる。その声はいつものように冷静ではあるが、多少の疲れが感じられる。

「家だよ」

小松は久しぶりに声を出したことに気づく。そう言えば、亜紀との電話を切って以来、丸一日以上誰とも話していない。数時間の仮眠と食事以外、ずっと無言でパソコンに向き合っていた。

そのおかげで、亜紀から田村の自殺の電話があったところまで書けた。あとは田村の遺体発見の様子や、その後の三宅や亜紀とのやり取りを書けば、リアルタイムに追いつける。

小松は喉の調子を整えるために、小さく咳払いをした。

「ずっと家か？」

「そうだよ」

「昨日俺が車で送ってから、どこにも外出してないか？」

「出てない。ずっと家で執筆している。

それがどうしたんだ?」

「まあいい。そう言うなら、そういうことにしておこう」

三宅は質問には答えず、含みを持たせて言う。

「今、小松の家の隣のファミリーレストランにいる。出てきてくれ」

急な話だ。それに、用心のため、今後は直接会うのは避けようと言ったのは、他ならぬ三宅である。

「何かあったのか?」

「知らないのか?」

「知らないよ」

三宅は、取りあえずはそういうことにしておこう、と再びらしくない婉曲的な言い回しをする。

「まずは出てきてくれ。話はそれからだ」

三宅は小松の返事も待たずに電話を切った。

二月三日　月曜日　午後八時十五分

指定されたファミレスは夕食時ということもあり、家族連れや学生の友人グループで八割方の席が埋まっていた。ほとんど無音の部屋にずっと閉じこもっていた小松には、喧噪が耳に痛く、そしてまた賑やかに会話する人々の日常的な姿が目に眩しい。

四人用のボックス席に三宅は一人で腰掛けていた。安東の姿は見えない。呼び出されたのは、自分だけなのだろうか。

仕事帰りなのだろう、スーツ姿で、テーブルにはコーヒーカップが置かれている。

いつもの飄々《ひょうひょう》とした様子とは違い、眉間に皺《しわ》を寄せ腕を組み、周囲の明るさとは一線を画した近寄りがたい空気を漂わせている。

小松は無言で向かいに腰掛け、注文を取りに来た店員にドリンクバーを注文する。夕食はまだだが、とても食事をする雰囲気ではない。

三宅と同様、ドリンクコーナーでホットコーヒーをカップに注いで、席に戻る。

「先に言っておくが」

小松が腰掛けると同時に、三宅が口を開く。

「昨日と今日では状況が全然違う。俺は小松を信用してないと言ったが、今は積極的に疑っている。妙な素振りはしないでくれ」

三宅は上着をめくり、内ポケットを小松に示す。

そこには昨日同様、ナイフがあった。しかしほんの数秒のことだったので確信はできないが、何故《なぜ》かその柄《つか》は、昨日のナイフとは少しだが違っているように思えた。

「何があったんだ?」

「正直、伝えるかどうか、すごく迷った。でも変わったことが起きたら連絡するという約束だったし、小松は田村の死も俺たちに伝えてくれた。だから、悩んだ末に連絡した」

それも電話でなく、三宅はわざわざ小松の家まで訪ねてきている。余程のことがあったのだ。

「安東にも連絡したのか?」

「していない」

「どうして?」

「してないんじゃなくて、できない。安東は死んだ」

三宅は茫然《ぼうぜん》とする小松をじっと見つめ、冷静に続ける。

「取りあえず先に状況を説明するから、口を挟まないでくれ。質問は後でまとめて受け付ける。安東と俺が同じ会社に勤めているのは知ってるな。部署は違うが、フロアは同じだ。俺は今日もいつもどおり出勤した。

だが安東は欠勤の連絡もなく、出勤しなかった。安東の上司が何度か携帯を鳴らしてみても、応答がなかったそうだ。まあ、昨日の安東の様子から、休みたくなるのも分かる。俺にしてみればそうだが、事情を知らない会社の人間は、そうは思わない。金曜日の終業の時点では、安東も普段と変わりなかったからな。

安東は社内でも真面目な人間で通っていて、これまで無断欠勤はおろか連絡せずに遅刻をしたこともない。

会社の人間も安東の妻がこの一年ほど入院していて、奴が一人暮らしなのは知っていたので急病で倒れているんじゃないかという話になり、たまたま安東のマンションの近くに行く予定のあった俺が、ついでに様子を見に行くことになった。それが今日の昼過ぎだ。

一時過ぎに安東のマンションに着いて、携帯を鳴らしてみたが、やはり応答はない。たまたま出入りする他の住人がいたから、その人に続いてエントランスの自動ドアを抜けて、安東の部屋の前に着いた。

しかし、チャイムを鳴らしてもノックをしても、何の反応もない。

多分、飲み潰れてるだけだと考え、そのまま帰ろうかとも思った。だが、俺たちの間では何かあれば密に連絡を取ろうと決めていたのに、会社からならまだしも、俺からの電話も取らないというのはおかしい。飲み潰れたにしろ、もう昼過ぎだ。

悪い予感がして、スペアキーで——ああ、あいつの部屋のスペアキーを、前もって俺が持ってたわけじゃないぞ。

安東のマンションはオートロックだ。いつだったか安東は鍵を持たずに部屋を出てしまい、閉め出されたことがあると言っていた。それに田村の家をスペアキーで施錠した時、安東は鉢植えの下にそれを隠すことを提案してきた。

なので、もしかしたら安東も共用部のどこかにスペアキーを隠してるんじゃないかと思って少し探してみたら、玄関ドアの横にあったＥＰＳ室――ＥＰＳ室とはビルの共用部に設けられる、中間配線盤などが設置されている空間のことだが――の直接は見えないところにガムテープで貼り付けてあった。

それで安東の家に入ったら、あいつはリビングで殺されていた」

「間違いなく、殺されてたのか？　自殺や自然死じゃないのか？」

口を挟むなと言われていたが、我慢できずに小松が問う。

「間違いない」

三宅は特に咎《とが》めもせずに、話を続ける。

「さすがに俺も遺体をちゃんと検分したわけじゃないが、殺人なのは間違いない。安東は腹と胸を複数カ所刺されていたし、俺が見た範囲では、田村の場合と違って凶器も見当たらなかった。自然死や自殺はあり得ない。詳しい知識がないから断言はできないが、おそらく殺害現場もそこで間違いないと思われる。周りにはいくらか血痕が残されていたからな。

それで俺はすぐに警察に通報した」

「どうして？」

自分たちの余命はあとわずかだ。今の小松には時間は一秒でも貴重で、それは三宅も同じはずである。だからこそ余計な時間を取られるのを避けるため、田村の時は通報しなかった。なのに何故、今回は通報したのか。

「田村の時とは状況が違う。安東は安東建設の跡取りで、安東建設とウチの会社は、仕事上の繋がりもある。会社の規模は変わらないが、商流的には安東建設が上流で、そこの御曹司を修業のためにウチの会社で預かっている形だ。

俺が安東の部屋に行ってチャイムを鳴らしたが、応答がなかったと会社に報告したとしても、間違いなく会社は何らかの行動を起こす。

多分、会社は安東の親に連絡して、マンションの管理会社に連絡が行き、遅かれ早かれ安東の部屋は開かれて、遺体が発見され警察の捜査が始まる。そうなると、俺の行動が問題になる。

安東のマンションは田村の自宅と違い、高級マンションだ。エントランスやエレベーター、廊下には防犯カメラが設置されている。それを見れば、ＥＰＳ室からスペアキーを取り出して、安東の部屋を解錠して入室する俺の姿も確認されるだろう。

そうなった時、俺が安東の遺体を確認しながら放置した説明がつかない。後で余計な時間を取られるぐらいなら、今回は最初から警察に通報して、正直に話した」

「正直にって、どこまでだよ？」

「今、話した内容だ。

当然、十年前の窃盗やリセットは話してない。話す必要もないし、リセットについては、話しても理解されるわけないからな。

それ以外は、スペアキーを探し出したことも、それを使って入室したこともすべて話した。

ただ、話してないこともある。

実は警察に連絡する前に、もしかしたら、犯人の手がかりがあるかと思って、俺は室内を捜索した。防犯カメラに残っているであろう俺の入室時間と、警察への通報時間にあまり時間を開けないよう、ほんの数分だけどな。もちろん指紋を残さないように注意した。

その結果、あるべきはずの五百万円が見つからなかった。

俺たちの置かれている状況から、使い切ったとは考えられないし、わざわざ銀行に入金するとも思えない。俺たちが持ち帰るのに使った紙袋も見あたらなかったし、おそらく安東を殺害した犯人が持ち去ったんだろう」

よくその状況でそこまで気が回ったものだ。小松は感心するより、薄ら寒いものを感じる。

「それから、俺は警察と会社に連絡した。安東の部屋に入ってから五分も経ってなかったから、そのタイムラグは不自然でもないだろう。

そして、第一発見者として、警察の事情聴取を受けてから会社に戻り、状況を詳しく報告した。その後、自分の仕事に一区切りつけて、大急ぎで小松に会いに来た。説明は、以上だ。で、安東を殺したのは、小松だよな」

あまりにも直接的な糾弾に、小松の額に汗が浮かぶ。

三宅が自分を疑っていることは、最初から察していた。だからこそ他人には聞かせられない深刻な話なのに、危害を加えられる恐れのない、人目の多いファミレスを選んだのだろう。

三宅は小松をじっと見つめながら、言葉を継ぐ。

「今回の事件も田村の場合と同じくリセット前には起きていないので、俺たちに設定されたリセットが原因なのは間違いない。田村の場合は、自殺か他殺かはさておき、リセットの設定された田村自身が起こした行動が、事件の起因になっていると思われる。

しかし、今回の場合はそうじゃない。安東がリセット前になかった何らかの行動を起こしたとしても、その結果、自宅で殺害されるとは思えない。となると、リセットの設定された他の人間が、殺害したとしか考えられない。

つまり俺が殺害していないということは、小松が殺したってことだ」

違う、僕じゃない。小松は反論しようとするが、あまりにも断定的な三宅の発言に言葉がついてこない。

「動機はおそらく安東が言ったように、小説のための時間稼ぎだ。

田村については、安東が言ったように長浜さんの助けを借りて、小松が殺害したのか、もしかしたら長浜さんの証言どおりで、小松は無関係なのかもしれない。ただ安東については、小松の犯行に間違いない。考えにくいが、第三者が安東を殺害したんだとすると、犯人はあまりにも無謀だ。

さっきも言ったが、安東のマンションには、至る所に防犯カメラが設置されている。

ということは、犯人の姿は確実にそこに映っている。突発的な犯行でない限り、そんなところで殺人を犯す奴はいないし、リセット前に安東の殺害が起こってない以上、突発的な犯行ということもあり得ない。

そしてこの条件は、長浜さんにも当てはまる。

彼女にはリセットが設定されていないが、俺たちのリセットによって、リセット前とは大きく違う人生を歩んでいる。しかし、もしリセットにより変化した何らかの事情によって、彼女に安東を殺害する必要が発生したとしても、わざわざ自分の姿が記録に残る、安東のマンションで殺害したりはしない」

確かにそうだ。亜紀は昨日送る途中で安東のマンションの場所を知ったが、賢明な彼女が防犯カメラに気づかないわけがない。

つまり、亜紀は安東殺害には関与していない。小松は一瞬、今の自分の立場を忘れて、胸をなで下ろす。

「しかし小松だけは、唯一その条件から除外される。俺たちのもともとの寿命は八日の七時までだ。安東を――もしくは田村と安東を――殺害したのが小松だとしても、最長でも寿命は十九日ぐらいまでだろう。

俺と安東は会社の同僚だが、小松は安東とは年に一度会っていただけだから、関係性は希薄だ。防犯カメラに姿が映っていても、それぐらいの短期間なら、警察の捜査を逃れられると考えてもおかしくない。

小松の仕事はパソコンやスマホといった書くデバイスさえあれば、どこでもできる。極論すれば、紙とペンさえあればそれも必要ない。小松は行方をくらませて警察の捜査を逃がれている間に、自分の納得できる作品を完成させる。そして、目当ての新人賞にでも送って死ぬつもりなんだろう。

そうすれば防犯カメラに小松が映っていて、いくら怪しくても被疑者死亡で不起訴となり、死後も殺人犯として扱われることはない」

「じゃあどうして」

小松は、やっと反論の糸口を見つける。

「じゃあどうして、僕はここにいるんだよ。もしそうなら、僕はとっくに逃走してるはずじゃないか」

「ああ、そうだ。もしかして荷造りの邪魔をしたか？」

小松とすれば的確な反論に思えたが、三宅に揺らぎは感じられない。

「冗談だ、いや冗談じゃないがな。

小松も気づいてるだろうが、俺が安東の死を伝えに来たのは、変わったことがあったら連絡するという約束を守るためだけじゃない。俺の話を聞いた小松の反応を、この目で確認したかったからだ」

「その結果はどうだった。僕の態度は怪しいか？」

「正直、よく分からない」

三宅は初めて大きく息をつく。

「小松の反応は犯人として、似つかわしくないようにも見える。ただ俺は自分の観察力を、そんなに信じちゃいない。信じてるのは、自分の論理的思考力だ。論理的思考に従えば、おのずと犯人は小松だということになる」

田村の主張は、小松にも理解できる。

リセットが設定されている人間は四人。そのうち二人が殺害されたら、残り二人のうち犯人は、自分以外の一人ということになる。

だが、それは小松にとっても同様だ。自分が殺害していない以上、犯人は三宅だ。

しかし小松には、それも納得しづらい。

三宅が犯人である場合、動機は何だ？　一番に思いつくのは、延命だ。他の人間を殺害し自分の寿命を延ばす。あり得ないことではない。

しかしそうなると一昨日、三宅が自分は人生に悔いはないので、これからの一週間もいつもと変わりなく過ごす、と言っていたのは嘘なのか。思い返してみても、あの時の三宅は嘘をついているようには思えなかった。

それに、今聞いた安東の遺体発見の経緯からしても、今日も三宅が普段どおり出勤していることは間違いないようだ。

ふと思いつく。そう言えば、一昨日だけじゃなく三宅は、よく人生に悔いがないと言っていた。

そして、リセットが設定されて四人で集まり、埋めた金を掘り出すかどうか検討していた時も、三宅は『自分は一度決めたことは、今まで確実にやり遂げてきた。今までの人生で、一度の例外もない』と言っていたはずだ。

そしてもう一つ、リセット前の飲み会で三宅が遅れてきた時、安東は……。

「三宅、一つだけ教えてくれ」

「何だ？」

「リセット前の飲み会の時、金を掘り出す前日の夜だ。三宅が遅れて来た時に、安東が、三宅はある社内プロジェクトに参加していて、とても忙しいと言っていた。そのプロジェクトの期限はいつだ？」

「いきなり何の話だ？」

「いいから答えてくれ。いつなんだ？」

「社内プロジェクトというよりは、建築設備会社数社の合同プロジェクトなんだが、最終契約は月末の予定だ」

やはりそうだ。あの時安東は、一段落つく今月末まで、三宅は寝る暇もないほど忙しいと言っていた。

「月末って、日付はいつだ？」

「月末は今月末日、二月二十八日の金曜日だ」

二十八日ということは間に合わない。いや、二月一日七時にリセットが開始したわけだから、理論的には、リセットが開始した直後に全員を殺害すれば、七掛ける四で二十八となり、三月一日の七時まで寿命が延びることになる。しかし、リセット開始と同時に全員を殺害するのは現実的ではないし、現時点ではもう間に合わない。

いや、もしかしたら最終契約までは立ち会えないにしても、自分の担当している範疇《はんちゅう》の仕事は、それまでに完了するのかもしれない。それまで寿命を延ばそうと……。

「一体何の話を……、なるほど」

三宅は小松の思惑に気づいたのか、笑みを浮かべる。

「つまり俺が参加してるプロジェクトが完成するまで、自分の寿命を延ばそうとしてると言いたいんだな」

「そうだ。三宅は一度決めたことは、確実にやり遂げるといつも言っていた。そのために寿命を延ばそうとしてもおかしくはない」

「面白い、興味深い理論だ。だが俺はそんな重要なポジションじゃない。俺レベルの若手は、今回の規模のプロジェクトでは、何の決定権もないただの連絡係だよ」

「それが本当かどうかは、僕には分からない。それに、本当だとしても、責任感の強い三宅が自分の担当している仕事を、寿命を延ばして最後まで全うしたいと思ってもおかしくない。そう考えれば、リセット後も前回と同じ生活を送りたいという、三宅の主張も頷《うなず》ける」

「ありがとう。そこまで褒めてもらって嬉しいよ。だが、その仮説も成り立たない。安東殺害の犯人は、確実に防犯カメラに映ってるのを忘れたのか。

俺が安東を殺害したなら、昼過ぎに訪ねた時以外の、犯行時に安東の部屋に出入りした俺の姿が防犯カメラで確認できるはずだ。俺が犯人なら、すぐに警察に拘束される。

俺の仕事は小松と違って、身を隠してはできない。逃げ隠れすれば仕事を完成させるという目的自体が果たせなくなり、本末転倒だ」

「今日の昼に安東を訪ねた時に、殺害したのかもしれない。それですぐに警察に通報したら、防犯カメラには三宅の姿は一度しか映ってないはずだ」

「落ち着いて考えろ。それもあり得ない。俺が安東の遺体を見つけた時、死亡確認のために安東の首筋に触ってみたが、明らかに体温が低下していた。身体も硬直していた。

そして、田村の時と違い、安東は目を見開いて死んでいたが、角膜は若干ではあるが混濁していた。

ネットで調べたが、死体の体温は気温にもよるが、死亡から一時間に約一度低下するそうだ。死後硬直は死後二、三時間で始まり、ピークは十時間から十二時間後。角膜の混濁は六時間から十二時間で出現して、一、二日で瞳孔の確認ができなくなる。

体温は体温計で測ったわけじゃないので、正確には分からないが、最低でも五、六度は下がっていた。死後硬直は、腕や足にも及んでいたので、始まったばかりじゃなく明らかに進んでいた。逆に、角膜の混濁はそれほどじゃなく、始まったばかりのように思えた。

そうなると、俺が発見した時点で死後、五、六時間から半日程度経過しているので、安東が殺されたのは、前日の夜中から今日の朝までということになる。そんな時間に、俺の姿は防犯カメラに映っていない。

あるいは、この俺の証言が嘘だとしても、俺はすぐ警察に連絡してる。警察は死体を検死して、すぐに死亡推定時刻を割り出すはずだ。小松だけなら騙せても、警察を欺くことはできない。

俺の訪問時刻が死亡推定時刻と一致して、その近辺の時刻に俺以外に安東の部屋に出入りする人間が防犯カメラに映っていなければ、俺が拘束されることは変わらない」

古くからの友人、それも職場の同僚でもある安東が殺害された現場で、冷静にその遺体を検分する三宅に、小松は改めて空恐ろしいものを感じる。そして、その疑惑の瞳は今、自分に向けられているのだ。

しかし言われてみれば、確かにそのとおりだ。三宅の話は筋が通っている。だが自分が犯人でない以上、三宅が犯人だとしか考えられない。小松は悪あがきを続ける。

「それなら、今の話はすべて嘘かもしれない。三宅は安東を殺したが、警察に通報せずに放置しているというのも考えられる」

「何のためにだよ」

三宅は小さく吹き出す。

「もしそうだとしたら、こんな話を小松に伝える意味はどこにもない。安東を殺害して延びた寿命に満足したなら、その寿命を存分に楽しむ。

もしまだ寿命が足りず、小松を殺害する必要があるなら、わざわざこんな説明をして、小松に警戒されるようなことはしない。呼び出した小松を人通りのない道で、こっそり刺す。

それに事件は、しばらくしたらマスコミに報道されるだろう。ニュースを観ろ」

そのとおりだ。三宅が安東を殺害したのなら、わざわざ自分に伝える必要はない。反論は手詰まりだ。

「正直、小松の反応は予想外だった。

　俺の話を聞いた小松の反応は、本当に安東の死を知らなかったようにも思える。それ以前に現状では、小松には白《しら》を切る必要もないはずだ。どう考えてみても、犯人は小松で確定なんだからな」

「僕は本当に何もしてない」

「確かに俺には、小松が嘘をついているようには見えない。それに小松が犯人なら、安東の部屋から五百万円が消えているのは不自然だ。小松には自分の五百万円があるし、寿命がわずかな人間がリスクを冒してまで、安東の五百万円を持ち去る意味はない。

　だが不自然な点はあっても、論理的に考えると犯人は小松だ。

　さっきも言ったが、俺は自分の人を見る目よりも、論理的思考力を信じている。

　その上で言えることは、もうこれ以上俺たちは会うべきじゃないということだ。俺も一応の用心はしているが」

　三宅は上着の上から、ナイフに触れる。

「あくまでこれは一応の用心だ。小松が俺に危害を及ぼそうとしない限り、俺の方から能動的に危害を及ぼすことはしない。それは約束する。

　俺は残された時間で、自分の仕事をするだけだから、小松の寿命に田村と安東の寿命が合算されているかどうかには、興味がない。

　小説の進行具合は俺には分からないが、小松は今の寿命でそれを完成させることに専念しろ。

これ以上、寿命を延ばすことは考えるな。

それがお互いのためだ。もう今後、何があろうと俺たちが顔を合わせることは、二度とない」

小松にも異論はあったが、三宅には冷静かつ有無を言わせない凄みがある。それに三宅の主張は、至極当然だ。今ここで自分が無実であることを、三宅に納得させるのは不可能だろう。

「変わったことがあれば、電話しろ。小説がんばれよ」

三宅は自分の伝票を手に腰を上げた。

二月三日　月曜日　午後九時

さすがにそのファミレスで食事をする気にはならなかった。食欲はほとんどなかったが、外出をできるだけ控えるため、部屋を出たついでに、コンビニに寄って数日分の食料と飲料水を買い込む。

その時も周囲に気は配っていたが、三宅はもちろん、自分を気に留めているような人影は見当たらない。

小松は部屋に戻り、鍵を掛けてから一息ついた。

スマホでニュースサイトを検索する。リセット前に目にした記憶のある記事はいくつか見つかったものの、安東の事件はまだ掲載されていない。

三宅の話では、警察への通報は、今日の昼過ぎだということだ。明日の朝には報道されるだろうか。

スマホを投げ出し、不安を感じた小松は、再び施錠を確認する。それだけでは満足せず、さらに室内を確認する。誰もいないし、変わった様子もない。留守中に、誰かが出入りしたこともなさそうだ。

小松はベッドに座って、親指と人差し指で眉間を強く揉んだ。

一体どういうことだ。田村に続き、安東までが殺害された。いや田村は自殺だろう。しかし、三宅が嘘をついてないなら、安東が殺されたのは間違いない。

現状、リセットが設定されている人間で、生きているのは、小松と三宅だけだ。

なら自分が犯人でない以上、犯人は三宅だ。しかし、それならわざわざ自分の犯行を知らせる、三宅の行動理由が分からない。

一連の事件については、登場人物が限られている。自分と三宅、田村、安東。リセットが設定されているのは、その四人だけだ。それにリセットにより大きく影響を受けている亜紀を加えても、五人である。それ以外に関係者はいない。そのうち、田村と安東は死亡して、防犯カメラやその他の状況から考えても、亜紀は容疑者から除外できる。

自分でない以上、やはり三宅が犯人だとしか考えられないが、彼の行動もそれらしくない。

いや、事件を分けて考えよう。まず田村の事件だ。これは以前考察したように、亜紀の証言が正しく、田村は自殺だと考えるのが自然だろう。田村は自殺した。ここまではいい。

次に安東の事件。

三宅の証言を信じるなら、現場に凶器の残されていない状況から考えて、他殺なのは間違いない。そして、安東の殺害はリセット前には起こっていない出来事なので、リセットの関係者に犯人がいることも間違いない。

そして、三宅も言っていたように、防犯カメラに犯人の映像が残るのは間違いないから、亜紀が犯行に及ぶことはあり得ない。つまりは三宅が犯人ということになるのだが、亜紀の場合と同様、防犯カメラを考慮に入れると、それも考えられない。

当然、警察は防犯カメラの映像をすぐ確認する。死亡推定時刻に第一発見者である三宅の姿が映っていれば、三宅は拘束される。それなら、三宅は何らかの手段で防犯カメラの映像を改《かい》竄《ざん》したのか。三宅の勤務先は、大手の建築設備会社だ。防犯カメラの映像を改竄したり、録画を中止させる何らかの方法を知っていたとしても不思議ではない。

小松はそこまで考えてため息をつく。だめだ、もしそうだとしても、そんな方法は考えつかない。

ネットで検索して防犯カメラをコントロールする何らかの方法を見つけたとしても、小松に警察の捜査状況を知る術《すべ》はないし、とても方法を確定できるとは思えない。

それに今の自分には、無駄なことに関わっている時間はない。限りある時間は、自分の作品を完成させるために使うべきだ。三宅が犯人だとしても、安東の死を自分に伝えるという行動と先ほどの態度から考えても、これ以上寿命を延ばすために、自分を殺害しようとするとは思えなかった。

三宅が犯人だろうが、その他の人間が犯人であろうが、この部屋に閉じこもっている限り自分の身に危険はない。自分はやるべきことをやろう。

田村の時と同じく、今回の事件も小説に盛り込むことができる。犯人の特定までは到らないが、少なくとも作品としての奥行きを深めることにはなる。それならば解決にはこだわらずに、事件の経緯や自分の心情を詳細に綴るべきだ。

小松は気持ちを切り替えて、パソコンを起動した。

二月四日　火曜日　午前六時三十分

次に小松が手を止めたのは翌日、二月四日午前六時三十分。リセット終了まで、約四日である。

小松は大きく伸びをして、久しぶりにコーヒーを淹れる。

やっと田村の遺体発見の場面を書き終えたところだ。外出に時間を取られたせいで、進捗《しんちょく》は、はかばかしいとは言えない。

しかしそれに反して現時点の出来には、かなり自信がある。田村の死を取り入れたことにより、テンポも出たし、リセットという限りある時間の中でのスピード感も増した。

続く安東の事件を描くことにより、場面転換も増えるし、より物語としての緊迫感も増す。

これなら、新人賞の選考委員の絶賛は間違いない。確実に受賞できる。

それにしても、皮肉なものだ。自分が頭を捻って考えたアイデアよりも、現実の出来事を羅列する方が面白い状況になっているとは。

小松は苦笑を浮かべ、配達された新聞を手に取って、紙面に目を通す。

既視感のある記事はいくつか目につくものの、意外なことに、安東の事件は報道されていない。もしかして、安東は無事なのか。そう思いながら、スマホでニュースサイトを検索した時、事件の記事が飛び込んできた。

『高級タワーマンションで男性の遺体発見』

小松は興奮を抑え、スマホの画面をスクロールする。

記事には、会社員の安東達也、三十二歳の遺体が、訪ねてきた会社の同僚により発見され、遺体の腹部および胸部に数カ所の刺し傷が確認されたとあった。警察も現場の凶器の有無までは、発表していない。自殺か他殺かの見解までは記されていないが、特に三宅の話と矛盾はなかった。

小松はスマホを置く。

新聞で報道されていないのは、大事件と捉えられていないのか、もしくはただ単に朝刊の締め切りに間に合わなかっただけか。

今日の紙面は、前大臣の汚職についての記事が大きく扱われている。そのため、単純な刑事事件に割く紙面がなかったのかもしれない。

だが、朝刊には載っていなくても、ニュースサイトに実名入りで載っている以上、安東の死亡は間違いない。

もし亜紀がこのニュースを目にしたらどうなる。

関係者のうち二人目が死亡したことを亜紀が知れば、おそらく怯《おび》えて小松に連絡してくるだろう。しかし小松にも亜紀を納得させる満足な説明はできないし、とてもそんな時間は取れない。

小松は亜紀がこの事件に気づかないことを祈る。

それよりも小松には昨晩三宅と別れてから、一つ思い付いていたことがあった。

この疑念を確認せずには、自分の小説の完成はあり得ない。進捗は当初の予定よりも遅れている。もっと睡眠時間を削る必要があるのに、これ以上、外出に時間を取られるのは正直気が進まなかったが、どうしても必要なことだ。

ここ数日シャワーを浴びる時間すらも惜しんでいたので、髪の毛がベタついている。さすがにこのまま外出するのは、気が引ける。小松はリセット以降、初めて入浴し髭も剃《そ》った。

リセット前には生まれて初めて美容院に行き短髪にしていたが、今はとてもそんな時間は取れない。しかしシャワーを浴びるだけでも、睡眠不足の身体に熱い湯が心地よく、多少は疲れも取れた気がする。身体を強めに洗い、買い置きの野菜ジュースと菓子パンで手早く食事を済ませて、小松は部屋を後にした。

小松の自宅は駅の近くではないが、幹線道路に面しているため、タクシーはほんの数分で捕まった。

タクシーに乗り、目的地を告げ後部座席で目を閉じる。ありがたいことに、運転手は話しかけてこなかった。

落ち着いてみると、小松は自分が貴重な時間を浪費しているような感覚にとらわれる。一体こんなことをして、何の意味があるのだ。仮に自分の仮説が正しかったとしても、今の自分が置かれている状況は何も変わらない。

自分の仮説が正しくて、安東を殺害したのが三宅だと証明できたとしても、それならば、三宅はすでに自分の目的を達している。

これ以上、自分が危害を加えられる可能性はほとんどないだろう。それならば、わざわざ外出して、貴重な時間を費やすより、現在自分が置かれている状況の設定で、小説を進行させる方が、時間の使い方としては有益かもしれない。

そうは思いながらも、小松は自分の好奇心――あるいはミステリ作家の性《さが》――を抑えられなかった。

目的地に着き、広々とした車回しでタクシーを降り、ホテルのフロントのように高級感のある受付で部屋番号を訊《き》く。三階、三〇二号室。やはり個室だ。小松はエレベーターに乗り、スマホで時刻を確認する。

七時四十七分。小松の予想が正しければ、三宅はすでに来訪していてもおかしくない。エレベーターを降り、足音を忍ばせて三〇二号室に向かう。

目的の部屋のドアは開いていた。廊下でも、室内のかすかな話し声が聞こえる。

「安東もだいぶ持ち直してきたと言っていたし、思ったより埜村《のむら》が元気そうで、俺も安心したよ」

間違いない。いつもより柔らかいが、三宅の声だ。やはり三宅はここに来ていた。小松は廊下の壁に背中を付けて耳を澄ませる。

「どこがよ。自分の身体のことは、私が一番分かってる。でも先生、また会いに来てくれて嬉しいよ」

小松は初めて聞くが、この声は真知だろう。三宅は昔、真知の家庭教師をしていた。その習慣で、今でも埜村――おそらく真知の旧姓だろう――と先生で呼び合っているようだ。

二月四日の八時過ぎに、真知は誰にも看取られずに亡くなった、と安東は言っていた。それを裏打ちするかのように、病室からは二人以外の声は聞こえない。どうやら医師や看護師もおらず、二人きりのようだ。

「先生、忙しいんでしょ。達也からすごくがんばってるって、聞いてるよ」

病魔に冒された真知の声には、力がない。

「それほどでもない。あいつと違って、俺のように何の後ろ盾もない平社員は必死なだけだ。それより、埜村は良かったな。病気になったのは残念だが、こんなにも恵まれた最高の病院で治療が受けられるんだ。がんばって早く良くなれ」

「そうね、確かに達也には感謝してる。先生に達也を紹介してもらって、本当に良かった。もしあの時、達也に出会えなかったら、とっくに親子二人で飢え死にしていても、おかしくないよ」

「俺、今でもたまに考えるんだ」

三宅は、小松が今まで聞いたことがない、照れたような声で語りかける。

「あの時、埜村を安東に紹介したのは、本当に良かったのかって。安東に紹介するんじゃなくて、もっと俺自身が埜村のために、できることがあったんじゃないかってな」

「何それ？　最初に私を振ったのは、先生だよ」

　真知の声は苦しそうではあるが、それでも楽しそうに笑う。

「だってあの時は、埜村は高校生で俺の教え子だっただろ。

　そうじゃなくて、安東に紹介した四年前のことだよ。その時には埜村も俺の生徒じゃなかったし、俺も働いていた。

　いや、それ以前に埜村が妊娠した時に、本来なら俺が――」

「そんな昔の話は、もういいよ」

　真知はピシャリと話を遮《さえぎ》る。

「色々あったけど、私は後悔してない。先生に告白して振られて、その後も色々あってシングルマザーとして浩一を産んで、そして達也に出会った。

　良いことも悪いこともあったけど、先生にも、浩一や達也にも出会えた。私は今まで楽しかったし、もしこのまま死んでも、それで十分満足してる。

　先生はいつも言ってたじゃない。自分は人生で一度決めたことは、必ずやり遂げてきたって。そうするように、いつも努力してるって。

　私は先生の教え子だよ。私は先生ほど優秀じゃないけど、それでも今までがんばって生きてきた自分の人生に悔いはない。私は私の判断で行動したんだし、それに対して先生が責任を感じる必要はまったくないよ」

　嘘だ。小松でさえ、真知が強がっているのがよく分かる。

真知は自分の死期が近いのを知っている。幼い子供を一人遺して、自分がもうすぐ旅立たなければいけないことを、十分に認識している。それなのに、人生に悔いがない、などと思っているわけがない。

そして部外者の自分にすら分かることなら、三宅も痛感しているはずだ。だからこそ三宅は、真知のために行動を起こしたのだ。

「そうか」

間違いなく真知の強がりに気づいている三宅の声は、それでも満足げで、どこか寂しそうだ。

「それを聞いて安心した」

「先生、ごめん。せっかく来てくれたのに、私なんだか朝ご飯を食べたせいか、眠くなってきちゃった」

「ああ、すまない。すっかり長居しちゃったな。俺もこれから会社だ。また来る」

「ありがとう……、またね……」

「ああ、またな」

真知は永遠の眠りにつこうとしている。事情を知っている小松には、三宅が必死に涙をこらえているのがよく分かった。三宅の椅子を引く音が聞こえる。

小松は足音を立てないように大急ぎで立ち去り、一階まで降りて三宅を待つ。

三階まで吹き抜けの広々としたエントランスホールには、驚くべきことにグランドピアノまでが備え付けられている。小松が腰掛けているのも、一般的な病院で見かけるビニール張りの待合椅子ではなく、本革のソファーだ。床もクリーム色の大理石が敷き詰められ、大きく取られた窓からの朝日を眩しく反射していた。

これは病院ではなく、ホテルのようだ。小松は改めて妻をこんな豪華な病院に入院させられる、安東の財力に感嘆した。

先ほどの三宅と真知との会話に付け加えて、安東の財力を証明するこの豪華さも、小松の推理を補強する材料だと言えるだろう。

数分後、エスカレーターから降りてくる三宅を見つけた。いつものスーツ姿で、片手にビジネスバッグを持っている。その表情にはもう動揺は見られない。

小松が声を掛ける前に、三宅がこちらの姿に気づいた。若干驚いたようで眉をピクリと動かしたものの、ほとんど表情は変わらない。そして無表情のまま、ビジネスバッグを右手から左手に持ち替え、その右手をスーツの上から左胸に当てる。小松はゴクリと唾を呑んだ。三宅はナイフを確認したのだ。

「もう会うことはないと思っていたが、珍しいところで会うな」

小松と一定の距離を置いて立つ三宅の声は、真知に対するものとは打って変わり、冷たさに満ちている。

「訊きたいことがあるんだ」

「電話しろよ」

「今度は僕が、三宅の顔色を観察したかった」

「まあいい。実は俺も小松に訊きたいことがあったんだ。それにここなら、万が一小松に刺されても、早急に手当が受けられるだろうしな」

「こんな病院で治療を受けたら、いくら請求されるかわからないぞ」

「大丈夫、五百万あれば足りる。もし俺から返り討ちに遭ったとしても、小松は安東の分も併せて一千万あるはずだから、より一層安心だな」

三宅は小松から一つおいたソファーに腰掛ける。

朝八時という時間のためか、それとも一般庶民にはこんな高級病院に足を踏み入れる機会がないせいか、行き交う人はまばらである。二人の会話を気に留める者もいないだろう。

とはいえ、念のため小松は声を潜めて話し始めた。

「どうして、僕にここに三宅がいると分かったと思う?」

「安東の妻が今日の朝に亡くなることは、小松も知っていた。それに、俺と彼女が昔からの友人だということも。彼女は誰にも看取られずに、今朝旅立ったと安東が言っていた。安東がいない今、俺が代わりに看取ると思ったんだろう」

そのとおりだ。小松はリセット前の真知の葬式で、亡くなった病院の名前を聞いていた。そして予想どおり、三宅がここに現れたことも、自らの仮説を裏付ける要因の一つだ。

「彼女は安東の死を?」

「俺からは言っていないし、どうやら誰も知らせてないようだ。今の彼女には、ショックが大きすぎる」

確かにそれはそうだろう。死に逝く者に、わざわざ夫の死を伝える必要はない。今頃、安らかに旅立った彼女は、あの世で安東との再会に驚いているかもしれない。

小松は決意を固め、軽く咳払いをして本題に入る。

「昨日、三宅と別れてから、色々考えた。

田村の死については、亜紀の証言が正しい。田村は自殺だ。自分の死期を悟って、亜紀に告白して五百万円を残して自殺した。そこまではいい。

問題は安東だ。僕には安東を殺害したのは三宅だとしか思えないが、三宅が言うように、三宅には動機がない。寿命を延ばすために安東を殺害したんだとしても、防犯カメラに三宅の姿が映るはずだし、そうなれば三宅は警察に拘束されてしまい、寿命を延ばす意味はなくなる。

となると、リセットが設定されている最後の一人である僕が犯人ということになるが、僕が犯人でないのは、僕自身が一番よく知っている。

ということは、どうなると思う？」

三宅は何も答えず、顎をしゃくって先を促す。

「つまり前提が、間違ってるんだ。三宅は安東を殺害したが、動機は寿命を延ばすためじゃなかった。だから三宅は、防犯カメラに自分の姿が映っても構わなかったし、警察に拘束されてもよかった」

「それじゃ、俺は仕事をやり残すことになるんじゃないのか？」

「その説は間違っていた。三宅はそんなことを気にも掛けてない。動機はそんなことじゃない」

「じゃあ何だ？」

「今回の問題をミステリ的に捉えると、フーダニット、つまり誰が犯人かではなくて、ホワイダニット、何故《なぜ》そんなことをやったのかだ。

　犯人が三宅で確定だとして、何故、三宅に安東を殺害する必要があったかに重点を置いて考える。そして、その理由は自身の延命じゃない。そうすると、おのずと答えは見えてくる。動機は、遺産だよ」

「遺産？」

　三宅は首を傾げる。その反応が演技かどうかは、小松には判断できなかった。

「安東の遺産だ。真知さんの連れ子の浩一君は、安東と血の繋がりはないし、養子縁組もしていない。ということは、真知さんが亡くなり、その後に安東が死亡した場合、浩一君は安東とは他人なのだから、安東の遺産を相続できない。

　逆に安東が先に死亡すれば、安東の遺産はまず真知さんが相続する。その後で真知さんが亡くなれば、その遺産は自動的に息子である浩一君が相続することになる。

　つまりリセット前の状況では、浩一君は安東の遺産を相続できないが、安東が真知さんより先に死亡した今の状況では、浩一君に相続権が生じている。安東は父親から生前贈与を受けているし、その財産はマンションを含めてかなりのものだろう」

「俺は浩一に遺産を相続させるために、安東を殺したって言うのか？」

「そうだ。浩一君の父親は真知さんの大学の同級生だと聞いたが、本当は三宅の子だろ」

「ああ、なるほどな。それが論拠か」

論拠はそれだけじゃない、と言おうとした小松に、三宅はその間を与えない。

「昔も誰かに、そんな下世話なことを言われたな。俺の名前が正浩だから『浩』の字を取って、浩一にしたんじゃないかってな」

実は小松も以前からそう考えていた。

それに浩一の姿は真知の葬式の時にチラリと見ただけだが、思い返してみると、その勝ち気そうな目つきは、三宅に似ていると言えなくもない。

「その説は誤りだ。昔も今も、俺と真知に恋愛感情はない。

確かに真知は俺を慕っていたし、俺も真知を好きだった。でもそれはあくまで、お互い友人としてだ。もしかしたら、真知は恋愛感情はなくても、尊敬する俺の名前から一字取ったのかもしれない。だが、そんなこと俺は関知しないし、浩一は俺の子じゃない」

嘘だ。小松は三宅と真知との病室での会話を思い返す。真知はもちろん、三宅にも恋愛感情は存在していたはずだ。

「それに、その仮説が正しいなら、俺の姿は防犯カメラに映っている。だったら俺はもうすでに警察に拘束されているはずだ」

「三宅は自宅には帰らず、出社もせずに、身を隠しているのかもしれない。スーツ姿は人混みに紛れるには最適だし、警察も姿をくらませている三宅が真知さんの見舞いのためにここに来るとは予想しないだろう。

もしくは三宅に逃走する気配がないので、警察は万全の状況で起訴するため、証拠固めをしながら静観しているということも考えられる」

「前者の否定は簡単だ。

俺は今から出社するから、しばらくしたら会社に電話を掛けてこい。今日は外勤予定がないから、営業戦略部の三宅と言えば、間違いなく俺に繋がる。

後者の否定は——、正直難しい。確かにそこまで牽強付会に考えるなら、その説は理論的には成り立つ。

ただそれは、俺と真知の間に恋愛関係があり、浩一が俺の子供だという妄想の上に立脚している。妄想の上に成り立っているものを、完全に否定することはできないが、同じように、証明することはできないはずだ」

あくまで白《しら》を切る三宅に、小松は切り札を出す。

「ナイフを見せてくれ」

「何の話だ？」

「今も持ってるんだろ。護身用のナイフだ。三宅は僕に護身用のナイフを二度見せた。

最初は一昨日。田村の死体を確認した後の車の中。

二回目は昨日。三宅が安東の死を伝えに来たファミレス。

一回目と二回目のナイフは似ていたが、微妙に違う物だった。どうして一日しか経っていないのに、ナイフが変わる？」

三宅はかすかに目を細め、小松を見つめたまま答えない。

実はこの件に関して、小松は確信があるわけではなかった。ナイフを目にしたのはどちらも一瞬だったし、間違いなく違う物だったと言い切るまでの自信はなかった。単に小松の目にそう見えただけだ。しかしその柄《つか》は、若干ではあるが短くなっていたように小松には感じられた。

それに、いつもは冷静な三宅が反論しないのは、何よりの証拠である。小松の疑惑は確信に変わる。

「さっきネットで安東殺害のニュースを観たが、安東の殺害現場に凶器のナイフがあったかまでは、報道されていなかった。だから、安東を刺したナイフを現場に置いてきたのか、持ち去って処分したのかまでは分からない。

しかし決定的な証拠である安東を刺したナイフを、三宅がその後も持ち歩くはずがない。三宅は一回目に見せたナイフで安東を刺し、僕の疑いを避けるため、それに似たナイフを購入して、僕に見せたんだ」

「なるほど、確かに証拠っぽいな」

「ナイフを見せてくれ。それとも僕の見間違いで、あくまで同じナイフだと言い張るつもりか」

「いや、見せる必要はない。確かに言うように、ナイフは一昨日と昨日で変わっている」

やはりそうなのか。

「小松、自分の能力を誇っていいぞ」

「やはり、三宅が安東を……」

小松は三宅を見つめて座り直す。

「誤解するな、小松が誇っていいのは推理力じゃない。小松が誇るべきは、想像力だよ。小説家の想像力には脱帽だ。

だが残念ながら、俺は安東を殺してない。

昨日言ったように、俺は昨日の昼に安東の遺体を発見した。そして少しだけ家捜しして、五百万円の有無を確認して、すぐに警察に通報したと言ったが、実は俺がしたことはそれだけじゃない。

俺は通報してすぐ、自分がナイフを所持していることに気づいた。警察が来たら、もしかすると第一発見者の俺は身体検査をされるかもしれない。その時に俺がナイフを所持しているのを、警察に知られるのは上手《うま》くない。もちろん俺のナイフには血痕もないし、刃の形状も安東の傷口とは一致しないはずだ。だが余計な物を所持していて、痛くもない腹を探られて時間を取られるのも面倒だ。

そう思って俺は自分のナイフを、安東の家のクローゼットに隠した。ナイフといっても、本格的なものじゃなく、キャンプ用品店で買った千円程度のものだ。仕事中の人間が持ち歩いてるのは不自然だが、安東がアウトドア用品として自宅に所持していても、不自然じゃない。

その後、同じキャンプ用品店に買いに行ったが、同じナイフは売り切れだったので、似たような品を買った」

「どうしてそれを僕に言わなかったんだ？」

「どうして言う必要がある。俺はその時は——まあ今でも、そんなに変わらないが——小松が安東を殺したと確信していたし、五百万円がなかったことを伝えたのは、持ち去ったと思われる小松の反応を見るためだ。ナイフの違いはほんのわずかだし、小松がそれに気づくとは思わなかった。ならば、安東殺害の犯人である小松に、余計な情報を与える必要はない」

三宅の話は、一応の筋は通っている。

しかし筋が通っているからといって、真実だとは限らない。機転の利《き》く三宅なら、この場で適当な言い逃れを考えただけかもしれない。

「その仮説は間違っている。間違ってるが、明確に指摘できる瑕疵《かし》はない。だが、その仮説が正しくても間違っていても、小松の取るべき行動は変わらないんじゃないか。

正しいとしたら、俺は自分の子供に安東の遺産を相続させるという目的を、もうすでに達成しているわけだから、小松に危害を及ぼすこともない。小松は安心して自分の目的である執筆に没頭すればいい。正しくないとしても、自分が犯人でないなら、今から加えられるかもしれない危害を避けるため、家にこもってミステリに集中するべきだ。

俺は自分の仕事に専念したい。人の色恋を妄想する暇があるなら、小松もそうしろ」

そんなことは、小松にも分かっている。しかし、自分の考えが正しいかどうかは、どうしても気になる。

小松には、三宅が嘘を言っているようには思えない。だが、三宅は感情があまり顔に出るタイプではないし、そう考えれば疑わしいようにも見える。

考え込む小松の様子を見て、三宅が続けた。

「こんなことに無駄な時間を取るぐらいなら、早く家に帰って続きを執筆でもしろ。だが最初にも言ったが、その前に俺の方からも、訊きたいことがある。俺の用件は、電話でも事足りるが、せっかく会えたんだから教えてくれ」

「何だよ？」

「もちろん証拠なんてないし、あまりにも突拍子もない話で、仮説と言うより俺の妄想に近い。なので詳しく説明できないし、気楽に聞いて欲しいんだが、リセット前の飲み会についてだ。

俺が合流する直前に、田村はスマホを安東の車に忘れたと、安東に車のキーを借りて取りに行ったはずだ。俺はその時はまだ安東の家に着いてなかったが、飲み会で誰かがそう言っていた。間違いないか？」

間違いない。しかし一体、何の話をしているのだ。

「ああそうだ。ただその時、田村はほんの五分ほどで戻ってきた。そんな短時間じゃ、地下駐車場に行って帰ってくるぐらいしかできないし、不自然な点はない。それがどうしたんだ」

三宅は答えずに、質問を続ける。

「もう一点。死神がリセットの説明をした時の、死神の見え方についてだ。

死神は相手にとって、死を象徴する姿で見える。俺の場合は老人で、小松の場合は医師だった。

死神は俺には説明しなかったが、小松に見え方について説明していたんだろう。なんと言っていたか、もう一度正確に教えてくれ」

それと安東の車に何の関係があるというのだ。小松には三宅が無関係なことを言っているようにしか思えない。

「僕にも、誰にどう見えたかまでの説明はなかった。ただ今回のメンバーには、医師以外にも、亡くなった両親、警察関係者、黒いローブを着てフードで顔を隠した老人に見えたと言っていた。それぞれ、僕、田村、安東、三宅のことだ。それが一体何だよ」

「やっぱりな」

三宅は満足そうに頷《うなず》いているが、まるで意図が読めない。もしや、自分への嫌疑をごまかすために、意味のない質問で煙に巻こうとしているのか。

「最後の質問だ。ナイフを持っているか？」

「えっ？」

「いや、別にナイフじゃなくスタンガンとかでもいいが、俺のように身を守る武器を、小松も持ち歩いているか？」

「持ってない」

「持った方がいい。もしかしたら田村はリセット前から、俺たちに秘密で、何かを画策していたのかもしれない。

俺は今でも、小松が安東を殺害したと思っているが、もしそうじゃないなら、小松に危害が加えられる恐れもある。

できるだけ部屋に引きこもるのはもちろんのこと、最低限度の用心はしておけ。

もしかしたら、田村は自殺してないかもしれない」

わけが分からないながらも、三宅の真剣な眼差《まなざ》しに射すくめられ、小松は反論することができなかった。

二月四日　火曜日　午前十時

もうすでに習慣になっている施錠とU字ロック、不在時に侵入者がいなかったかの確認を終え、床に座り込んだ。

疲れ切って食欲はなかったが、食べないと身が保《も》たない。今さら健康に気をつかう必要はないが、あと四日は倒れるわけにはいかない。

小松は帰り道のコンビニで買った小振りな弁当を、無理やりに腹に詰め込む。食べ終わり水を飲んで、やっと少しは落ち着いた。

三宅犯人説を本人にぶつけてみたものの、何も進展はなかった。確かに三宅の反論は筋が通っている。しかし、だからといって、真実とは限らない。

小松も三宅が簡単に認めるとは思っていなかったが、話を聞く表情や態度から、何らかの判断材料が得られるかと思っていた。しかし結局、何も分からなかった。

どうやら三宅は自分よりも、役者が何枚も上らしい。

結局、時間を浪費しただけである。その上、三宅の意味不明な質問だ。

田村の飲み会での中座、死神の見え方。それらに何の意味があるのだ。

飲み会はリセットの前日だ。その最中の田村の行動が、リセット後の事件にどう関係する。

リセット後の田村の主立った行動は、亜紀に会い命を絶ったことだ。しかしはんの五分ほどの中座で、亜紀に対して何らかの行動を起こせたとは考えにくい。

もちろん電話することはできるし、前もって亜紀を安東のマンションの近くまで呼び出していれば、数分なら会うことも可能だろう。

しかしだからといって、それがリセットに影響を与えるとは思えない。リセット後にそれ以前の行動は、文字どおりリセットされてなかったことになる。田村が亜紀に対して何らかの行動を起こしたとしても、それは亜紀の記憶にすら残らない。

また死神の見え方については、それ以上にまるで意味が分からない。死神の姿が誰にどう見えたのであれ、リセット前はもちろん、リセット後の田村に影響を与えるとは考えられない。

やはり三宅が安東殺害の犯人で、自分を攪乱《かくらん》させるために、意味のない質問をしたというのが、現時点での蓋然性の高い結論だ。

小松はため息をついて、ポケットから鞘《さや》に入ったナイフを取り出す。

あまり必要性は感じられなかったが、三宅の助言に従い、念のため帰り道の釣具店で購入した。

小松はナイフを鞘から抜く。まだ一度も使われていない十五センチほどの刀身は、銀色の光を放っている。

リセット設定者はあと二人。そこにリセットにより大きく影響を受けた亜紀を加えても、関係者は三人しかいない。

三宅の論理の筋道は理解できないが、亜紀が小松に危害を加えると想定しているのだろうか。

あり得ない。小松は何度も左右に首を振りながら、それでも一抹の不安を拭いきれなかった。

二月五日　水曜日　午後三時

その後も小松は数時間の仮眠と食事を除き、すべての時間を執筆に費やした。

ようやく小説も三宅との病院のシーンまで到達した。その場面を書き終えれば、現実の時間に追いつく。しかし進捗《しんちょく》とは別に、新たな問題も発生しつつあった。

当初、小松は十年前の自分たちの窃盗事件については記載するものの、殺人などの重大犯罪は発生しない心理描写を主とした心境小説、しかしそれでいて、心理的な本格ミステリとしても成り立っているような、いわゆる本格ミステリと変格ミステリの間に位置するような小説を想定して書き始めた。だが、書き進めるにつれ、予定とはかなり趣《おもむき》が異なってきている。

登場人物が二人も死亡するし、これではまるで王道の本格ミステリである。

予測不可能な自然災害での事故による突然死、殺人により寿命のやり取りができるという特殊設定。その上、視点人物が作者であるという、メタミステリの要素。そこまでは本格ミステリとして悪くない。

しかし本格ミステリであるならば、論理的に決着した解決編が必要である。小松には、自分にこの事件の解決編を書けるとは思えなかった。

田村は自殺であり、安東殺害の犯人は三宅で間違いない。そして三宅の動機は、自分の子供である浩一に、安東の遺産を相続させることだろう。それはおそらく間違いないのだが、現状では証拠を示して三宅が犯人だと確定させることはできないし、それならば本格ミステリとしては成立しない。

それに書くべき事件が多すぎて、当初予定していた自分の心情描写までは手が回っていない。これではとても心境小説とも言いがたい。どっちつかずのこんな状態で、一体どう収拾すればいいのだ。

いや、泣き言を並べている暇はない。やるしかないのだ。終わり方は決まっていないものの、現時点でこの作品が名作なのは間違いない。これを書き上げるのが、自分の最後の仕事だ。そうすれば、自分の名は死後も残る。取りあえずこのまま一気にリアルタイムに追いつくまで書き続けて、後のことは後で考えよう。そう考えていた時、久しぶりに小松のスマホが着信を告げる。

パソコン画面を注視していた疲れ切った目を、スマホのディスプレイに移すと、亜紀である。

「小松さん、今どこです？　ニュース観ました？」

電話を取ると、小松が話し出す前に、亜紀の息せき切った声が聞こえる。

その口ぶりから察すると、どうやら安東の事件が亜紀の耳にも入ったようだ。

小松は執筆に集中するあまり確認していなかったが、もしかしたら、事件はテレビや新聞でも報道されているのかもしれない。

「ああ観たよ。ごめん、亜紀ちゃんにも、説明しなきゃいけないと思ってた」

「一体、どういうことです？　私も最初は気づかなかったんです。でもテレビに会社が映ってたから、あれっ？て思って。

で、まさかと思って頂いた名刺を確認してみたら、やっぱりそうだって。同姓同名じゃないですよね」

会社？　名刺？　安東は亜紀に名刺を渡していたのだろうか。確か亜紀に名刺を渡していたのは——

「聞いてますか？　三宅正浩さんって、あの三宅さんですよね？」

小松はゴクリと唾を呑む。

「いや、亜紀ちゃん。ちょっと待って。一体、何の話をしてるんだ？」

「小松さん、テレビ観てないんですか？　さっきテレビで三宅さんが殺されたって、昨日会社を出た時に、刺されたって言ってました。一瞬だったので見間違いかと思ったんですけど、ネットを確認したら、間違いないみたいで」

心臓が早鐘《はやがね》のように打つ。小松は震える手でテレビのスイッチを入れた。

何度かチャンネルを変えるが、ニュースはやっていない。亜紀の観た番組は、すでに終わったのだろう。

「あ、亜紀ちゃん、ちょっと待って。調べてから、すぐ折り返す」

「嫌です。一体どういうことなんですか？　どうして、田村さんだけじゃなく、三宅さんまで。もしかして小松さんも、何か危険なことに巻き込まれてるんですか。

小松さんたちは、何をやってるんですか？　しばらくしたら、説明するって言ってくれたじゃないですか。ちゃんと説明して下さい！」

亜紀の声は、すでに悲鳴に変わっていた。

「亜紀ちゃん、落ち着いて。今どこにいる？」

「い、家です。今すぐ来て下さい。それが駄目なら、私が小松さんのお家に行きます。住所を教えて下さい。私、怖くて怖くて、今すぐ小松さんに会いたいんです。それも無理なら、私、警察に行って全部話します」

「亜紀ちゃん。落ち着いてくれ。今さらそんなことをすれば、君もあらぬ疑いを受けて、面倒なことになる。

折り返し電話する。亜紀ちゃんには何の危険もないと思うけど、僕にもまだ状況がよく分からない。万が一ということもある。念のため戸締まりは厳重にして、家から出ないようにして。十五分、いや十分以内には必ず電話する」

「嫌です、今すぐ教えて下さい、田村さんも三宅さんも、本当に亡くなったんですか？　今すぐ、ここに来て……」

「ごめん、亜紀ちゃん。すぐ折り返す」

小松は後ろ髪を引かれながらも、一方的に電話を切る。そしてニュースサイトにアクセスし、三宅正浩の名前で検索を掛けると、目的の記事はすぐ見つかった。

『路上で通り魔　会社員死亡』

記事によると、二月四日午後九時——昨夜だ——、会社員の三宅正浩、三十二歳が会社を出た直後に、路上で通り魔と思われる人物に襲われたとある。

現場はオフィス街で犯行時にも通行人がおり、そのうち数人は犯行を目撃していた。目撃者の証言によると、三宅は忍び寄ってきた犯人に、いきなり背後から刺されたという。その後、胸と腹部も数カ所刺され、犯人は逃走した。

三宅は通行人によって呼ばれた救急車で病院に搬送されたが、病院で死亡が確認された。犯人は現在も逃走中。

小松は他にもニュースサイトを巡ってみたが、それ以上の情報はどこにもなかった。犯行は目撃されているとのことだが、犯人の人相風体などはまだ公表されていないようである。

あの三宅までが殺された。一体、どういうことだ。これでリセット設定者の中で、生き残りは自分だけになった。

ということは——、まさか自分が犯人なのか？

確かに小松は三宅の時も安東の時も、そして田村が自殺した時も部屋にこもりっきりで、自分自身以外にアリバイを証明する人間はいない。

もしかして自分があまりのストレスに錯乱し、一時的に記憶をなくし、夢遊病者のような状態で犯行を重ねているのか。小松はそんなことまで考える。

突拍子もない想像だが、しかしそう考えれば、つじつまが合うのも事実である。

もしかして自分は、自分の小説を面白くするために、無意識に安東や三宅を殺害しているのだろうか。

いや、それはあり得ない。

確かに小松のアリバイを証明できる者はいないが、リセット開始の時点で着想を得たのだから、その時には小説が一行も書けてなかったのは間違いない。

その証拠に、進捗ははかばかしくないとはいうものの、その後もそれなりの量にはなっている。人を二人も殺して、これだけの量を書くのは不可能だ。

それに昨日は、三宅に会いに病院に行くために外出して以来、自分は一度も入浴も着替えもしていない。三宅は路上で数度にわたり刺されたという。それならば返り血ぐらいは浴びているのではないだろうか。

小松は、浴室の鏡で自分の姿を確認する。

大丈夫、髭が伸び、目の充血が酷くなっている以外の変化はない。セーターもくたびれてはいるが、それは前からで、どこにも血痕などは見当たらないし、病院に行く前に着たものに間違いない。

部屋に戻りコートも確認するが、異常はなかった。念のため洗濯機の中ものぞいてみるが、予想どおり汚れた衣類は一枚もない。

ほっとしたのもつかの間、小松はズボンのポケットにナイフを入れっぱなしにしていたことを思い出し、ぎょっとする。

小松は恐る恐るナイフを取り出し、それを鞘《さや》から抜く。そして再び大きく息をついた。

大丈夫、ナイフには使用された形跡はない。昨日同様、その刃は一点の曇りもなく照明の光を反射していた。

小松はベッドに座り込んだ。

関係者が次々に殺され、一人ずつ減っていく。そして最後に残された自分も犯人ではない。何だ、これは。まるで有名な海外の古典ミステリではないか。頭がおかしくなりそうだ。

小松はそのミステリの最後に残された一人の末路を思い出し、思わず笑い声をあげた。その声は自分自身の耳にさえも、狂気を含んでいるように聞こえる。

笑い疲れた小松は、ふとその小説のメイントリックを思い出す。

もしかして、いや、それはあり得ない。今回は、小説と同じトリックは当てはまらない。

いや待て、さっきの電話の最後に、亜紀は何と言っていた。

『田村さんも三宅さんも、本当に亡くなったんですか？』

いや、それ以前に三宅も病院で言っていたはずだ。

『田村は自殺してないかもしれない』と。

考えろ考えろ考えろ、考えろ考えろ考えろ。

今こうしている間にも、亜紀は怯《おび》えて泣いている。すぐにでも考えをまとめて、亜紀に連絡しなければならない。

小松は息を止めて深い海に潜るように、思考に集中する。スマホもパソコンも、それどころか紙やペンすら必要ない。目をつむり身じろぎもせず、何も見ず何も聞かず、純粋に自身の頭脳のみを酷使する。

意外にも思考に没頭すればするほど、頭が軽くなる。身体の疲れも感じなくなり、睡眠不足の頭もどんどんクリアになっていく。

ありうるのか？　いや、あり得ない。いや、そうじゃない、十分あり得る。

矛盾点は？　矛盾点はない。いや違う、矛盾点がないだけじゃなく、この説明であれば、全ての事柄が説明できる。いや、そうではない。この説では三宅の残した質問までは説明できない。

いや待て、もしかしたら三宅は自分の知らない何らかの情報を得ていて、それプラス田村の中座や死神の見え方から、自分と同じ結論に到ったのかもしれない。結論が同じでも、道筋が一つだとは限らない。

この説では三宅の質問の意味は説明できないが、矛盾するわけではない。

間違いない。これが真相だ。小松は自分が呼吸すら忘れていたことに気づき、大きく息を吸う。

まさか自分の気づかないところで、こんな奇天烈《きてれつ》なことが行われていたとは。

思考に没頭していた時間は、わずか一分にも満たなかったであろう。しかし今や小松は、自分が絶対確実な真相に達した自信に満ちあふれていた。

あと唯一の未確認点は、亜紀の事件への関わり方だ。この仮説が真実であるなら、思っているよりも亜紀が深く事件に関わっているということもあり得る。それを確かめるためにも、彼女に電話しなければならない。

小松は決意を固めて、スマホを手に取った。

「亜紀ちゃん、僕です」

「小松さん、何してるんですか。今すぐ会いたいよ」

先ほどより少しは落ち着いたようだが、相変わらず涙声だ。亜紀にこんな辛い思いをさせてしまったことに、胸が痛む。

「ごめん、亜紀ちゃん。今からそっちに行く。でもその前に、少しだけ教えてくれ。亜紀ちゃん、田村の事件の時、田村の脈を取ったって言ったよね」

「言いました」

予想もしていない角度からの質問に意表を突かれたのか、意外にも亜紀は素直に答える。

「どうやって取ったんだい？」

「どうって、普通に手首でです」

「どっち側の？」

「えっと、右手首だったと思います」

田村の遺体の様子が目によみがえったのであろう、亜紀の声に再び涙がにじむ。

ここまでは、小松の予想どおりだ。あの時、田村は左半身を床につけ、両手でナイフを握りしめていた。その状態の人間の脈を取る場合、右手で確かめるのが普通だろう。

問題はここからだ。

「左手首からは？　もしくは、首筋からは？」

「取ってません。右手だけです」

「それ以外の死亡確認もしていないね。たとえば、ないと思うけど、心臓の鼓動を確認したり、呼吸の確認をしたり」

「そんなこと、できるわけないじゃないですか」

再び感情が高ぶったのか、亜紀が声をあげる。しかし、逆に小松は胸をなで下ろす。

間違いない、やはり亜紀は巻き込まれただけで、事件には無関係だ。

「ごめん亜紀ちゃん、嫌なことを思い出させたね。でもどうしても、必要な質問だったんだ。ところで、田村は亜紀ちゃんの家を知ってるかな？」

「田村さんが？　どうしてです？」

「一緒に食事をする時に迎えに来たとか、送ってもらったとか。もしくは話してる時に、家の話になって場所を教えたとかはない？」

「ありません。私も田村さんの家を知ったのは、今回です。

それに田村さん、これまで、私のこと好きな態度は全く見せませんでした。家なんて絶対知らなかったと思います」

それならば、取りあえずは安心だ。小松の説が正しければ、田村が亜紀に好意を抱いていたのは芝居である。亜紀の身に危害が加えられることはないとは思うが、ここまでリセットに関わった以上、用心して無駄なことはない。

あとは自分が亜紀の家に行く時に、尾行に注意するだけである。

「じゃあ僕は、今からそっちに向かう。それで今までの全てを、本当に僕が知ってる全てを説明する。

さっきも言ったけど、僕が着くまで施錠して、誰が来ても開けちゃいけないよ。インターフォンが鳴っても無視して欲しい。僕もそっちに着いたら、まず電話するから。

それと殺された三宅のスマホには、僕の履歴が残ってるはずだ。今のところ掛かってきてないが、警察から僕に電話があってもおかしくない。

まず亜紀ちゃんに全てを説明して、必要があれば警察へも僕が説明するが、今は時間がない。だからしばらくスマホの電源を落とすから、僕とは連絡がつかなくなるけど、心配しないで。亜紀ちゃんの家に着いたら、チャイムを押したりノックをしたりせずに電源を入れて電話するから」

とても納得のできる説明とは言い難いが、亜紀は、分かりました、と答える。不安でたまらないはずなのに、そのいじらしさも愛おしい。

「でも亜紀ちゃん、ごめん。実は、まだ仕事が片付いてないんだ。できれば亜紀ちゃんの家で、続きを執筆させてもらえないだろうか。

それで厚かましいお願いで申し訳ないんだけど、できれば二、三日、泊めてもらえればありがたいんだけど」

「全然構いません。何日でも泊まって行って下さい。死ぬまでずっといてもらっても、かまいません」

小松は思わず笑みをもらす。亜紀は自分の愛情表現が、とんだブラックジョークになっているることにも気づいていないだろう。

「ただ亜紀ちゃん、そっちに行く前に、ちょっと寄らなければいけないところがある。少なくとも二、三時間以内にはそっちに着くと思う。それまで戸締まりは厳重にして待っていてくれ」

そんなに待ちきれません、できるだけ早く来て下さい、と言う亜紀に、小松は可能な限り早く行くことを約束して電話を切り、そのまま電源も落とす。

急がなければならない。小松は大急ぎでシャワーを浴びて身支度を調える。

そしてボストンバッグに数日分の着替えと、五百万円の入った紙袋、ノートパソコンを詰め込む。最後にズボンのポケットにナイフを突っ込んだ。万一の用心のために購入したナイフだったが、今となっては俄然必要性が増している。

小松は部屋を出ようとしたところで、ふと室内を見返した。

もうこの部屋に戻ってくることもないだろう。狭くて古くて、とても快適だったとは言えないが、学生時代から十年以上も生活してきた空間だ。特に楽しい思い出があるわけでもないが、この部屋で十年以上も一心不乱に小説を書いてきた。その部屋に二度と戻ることがないと思うと感慨深い。

小松は誰に対してというわけでもないが、最後に一礼して部屋を後にした。

二月五日　水曜日　午後四時

目的地まではタクシーを利用した。小松の生活の中で、こんな短期間にタクシーを多用するのは生まれて初めての経験である。しかし何の問題もない。あと数日で自分の命は尽きるし、手元には五百万円もあるのだ。

小松は目的地の数百メートル手前でタクシーを停めた。タクシーが走り去るのを確認して、左手でポケットの中のナイフを握りしめて歩き出す。

もしかしたら、警察が張り込んでいることも考えられる。小松は不自然にならない程度に、辺りをうかがいながら歩を進める。

数分で目的の家の前までたどり着く。不審者や不審な駐車車両の姿は確認できない。どうやら、警察はまだここまで来ていないようである。

もうないかもしれないと思いながら、玄関横にある鉢植えを動かすと、以前と変わらずスペアキーがあった。

素早くキーを取り、再び周辺に人影がないのを確認して、玄関チャイムを鳴らす。反応はない。

小松は息を詰めて、右手のキーを鍵穴に差し込みゆっくり解錠した。鍵はカチリと小さな音を立てて開く。そしてポケットの中でナイフを握りしめながら、できるだけ音がしないようにドアを開け、素早く身を滑り込ませた。

当然のことだが、レイアウトは三日前と変わらない。隣室の倉庫スペースに繋がるドア、壁際の書棚、中央部の事務机と応接セット。

しかし大きく違う点が一つある。

三日前には応接セットの間に横たわっていた田村の遺体が、影も形もなく消え失せていた。予想していたことではあるが、小松の鼓動が激しくなる。遺体どころか、血痕すらない。小松の記憶では、田村の出血はダウンベストに大部分は吸収されていたものの、いくらかは床に達していた。その痕跡がまるでない。床材はPタイルなので、誰かが拭き取ったのであろう。

間違いない。三宅も言っていたように、田村は自殺していない。やはり田村は生きている。

小松の中で仮説が確信に変わった。

ということは、自宅であるここに潜んでいることも、ないとは言い切れない。常時ここに潜伏している可能性は低いだろうが、万一ということもある。それに一時的に何か必要な物を取りに帰ることも考えられる。あまり長居すると、鉢合わせするかもしれない。

そう考えた小松の全身に鳥肌が立つ。

大急ぎで退室しようとする小松の目に、部屋の隅に落ちている黄色い物が目に留まった。はやる気持ちを抑えて、それを手に取る。テニスボールである。前回ここに来た時にこんな物は、間違いなくなかった。小松は確信を強め、それをコートのポケットに押し込んだ。

二月五日　水曜日　午後五時

　尾行には十分注意した。タクシーと地下鉄を乗り継ぎ、再びタクシーを使用して、小松は亜紀の自宅にたどり着いた。田村の時と同様、亜紀の自宅の数百メートル手前でタクシーを降り、周りを何度も確認したので、尾行している者はいないと確信できる。

　同乗者のいないエレベーターが目的階に止まるまでのあいだに、小松はスマホの電源を入れる。不在着信はない。どうやら警察からも、まだ電話は掛かっていないようだ。

　亜紀の部屋の前で小松は彼女の番号を呼び出す。ワンコールで亜紀が電話を取った。

「もしもし、小松さん今どこですか？」

　スマホからだけでなく、ドアの向こうからもわずかに足音と亜紀の声が聞こえる。待ちわびて玄関まで出てきてくれているのだ。

「亜紀ちゃんの家の前だ。ドアを開けてくれ」

　返事もなく、解錠音とチェーンを外す音が聞こえ、ドアが開かれる。

「小松さん」

　亜紀が小松の胸に飛び込んでくる。

「亜紀ちゃん、ごめん」

　できるだけ早く安全な室内に入るべきなのは分かってはいるが、小松もこらえきれずに亜紀を抱き留める。ふっくらとした体が心地いい。小松はそのまま室内に入りドアを閉め、思う存分甘い髪の香りを嗅いだ。

亜紀の家は１ＬＤＫだ。確実に施錠してから、左手にトイレと浴室がある短い廊下を抜け、リビングに入る。数ヶ月ぶりの亜紀の部屋である。香りが懐かしい。

「ごめん亜紀ちゃん、いきなりで失礼だけど、一応の確認をさせてくれ」

小松は亜紀を腰掛けさせて、リビングと念のため奥の寝室も確認する。そして、閉じられたカーテンの隙間から、マンションの周辺をうかがった。

再び玄関に戻り、浴室とトイレも確認する。

大丈夫、室内には二人以外に誰もいないし、マンションの周りにも、目につく限り不審人物や不審車両はない。亜紀はそんな小松の様子を不安げに見つめるものの、不躾《ぶしつけ》な行動を咎《とが》めることはなかった。

小松はコートを脱いで、ボストンバッグと共に置き、亜紀の横の食卓の椅子に腰を下ろす。そしてスマホの電源を切った。もう二度と電源を入れることもないだろう。

「亜紀ちゃん、本当にすまない」

「なんだか小松さん、さっきから謝ってばかりですね」

亜紀は瞳を涙で濡らしながらも笑顔を見せる。

「ごめん」

言われた直後に、再び謝ってしまう自分に、小松も思わず照れ笑いをもらす。

「全部説明する。この数日、僕に起こったことを全部だ。いや、十年前のことから含めて全部。その結果、君に軽蔑されることになるかもしれないが、仕方ない。君には包み隠さず、僕の全てを知って欲しい」

「小松さん、何か危ないことに、巻き込まれてるんですか？」

小松は返事に詰まった。自分の状況は、危険に巻き込まれているレベルを、はるかに超えている。

「亜紀ちゃん、かなり長い話になるけど聞いてくれ」

小松の雰囲気からただならぬものを察したのか、亜紀は神妙な顔で頷《うなず》いた。

それから長い時間をかけて、小松は今までの経緯を嘘偽りなく、全て亜紀に説明した。

十年前の四人の出会いと空き巣に始まり、リセット前の飲み会、崖崩れの事故が発生した状況や、その後の死神との遭遇とリセットについて。それに続く二千万円の分配や、田村、安東、三宅の死亡など。

亜紀にとっては、死神との遭遇や四人の余命についてはもちろん、安東の事件についても知らなかったようで、かなり衝撃的な話であったはずだが、特に口を挟まずに静かに聞いていた。

小松は自分が経験したことだけではなく、ファミリーレストランや病院の待合で三宅に聞いたことまでつぶさに説明する。

小説としてまとめているだけあって、淀みなく説明できたものの、最終的に、先ほど田村家で確認した遺体の消失までを話すには、かなりの時間を要した。

話を聞き終えた亜紀は、顔色こそ青いものの、意外と取り乱す様子はない。

「と、いうことはつまり」話し終えた小松に、亜紀が口を開く。「小松さんの命は、二月八日、三日後の朝までってことですか？」

「確実にそうだ、とは言い切れない。死神が全て正しいことを言っているとは限らないからね。ただ僕たちが一週間タイムリープしたことは間違いない。そう考えると、残念ながらその可能性は高いように思う」

「そんな……」

亜紀は唇を震わせる。彼女の手を取ると、冷たい上にわずかに震えていた。

「大丈夫、もしかしたら生き長らえるかもしれないし、もしそうじゃなかったとしても、寿命なら受け入れる。そりゃ最初はショックだったけど、ここ数日で落ち着いた。今書いている小説を完成させたら、悔いはない。

それより、僕は罪を犯している。君はそんな僕を軽蔑しないのか」

「人のお金に手を付けるのはいけないことだけど、でも十年も前の話じゃないですか。とっくに時効なんだし、それ以前に小松さんは誰にも迷惑を掛けてませんし、軽蔑なんかしません」

「ありがとう、そう言ってもらえると、気が楽になる」

「でもそうなると、結局、安東さんや三宅さんを殺したのは誰なんですか？」

「そう、それが問題なんだ。なのでさっき、亜紀ちゃんに脈の見方を訊《き》いたんだが、君は右手首でしか田村の脈を確認してないんだね」

「そうです」

「じゃあその時、田村は死んでなかったんだ」

「そんな！」

「さっきも言ったがここに来る前に、田村の家に寄って確認したが、僕の予想どおり、田村の死体は跡形もなく消えていた。それにこれを見つけた」

小松はテニスボールを取り出す。

「さっき田村の死体のあった部屋の隅に落ちているのを見つけた。

亜紀ちゃんほどミステリに詳しいなら知ってるかもしれないけど、脈は自分で止めることができる。

こういった弾力のあるボールを脇に挟んで強く締めて、脇の下にある腋窩《えきか》動脈という動脈を圧迫するんだ。そうすれば、手首の脈動は止められる。もちろん一時的なものだし、心臓を止められるわけじゃない。胸に耳を当てて心音を聴いたり、頸動脈で脈を見れば、生きていることは確認できただろうが、あの状況でそこまでするとは思えない。田村はそう予測して、前もって右脇の下にこのボールを挟んでいたんだ。

そして田村の仕事は、食品卸売業だ。豚や山羊の血は沖縄のチーイリチャーという料理で使用されるし、それ以外でも海外では動物の血を使った料理は珍しいものじゃない。田村なら比較的簡単に動物の血液を手に入れられたんだろう。

田村はあの時、厚みのある袖なしのダウンベストを着ていた。あいつは普段から自分が寒がりだとよく言っていたし、室内でダウンベストを着ていても不自然じゃない。おそらく、その内側に血の入ったビニール袋と、身を守る木の板か何かを胸に仕込んでいたんだ。もしかしたらナイフにも、何らかの仕掛けがあったのかもしれない。

その状態で亜紀ちゃんの目の前で、田村は自分の左胸を刺した。ナイフの切っ先はダウンベストに仕込んだビニール袋を貫いて血は飛び散るが、その内側の板に阻まれて田村の身体までは達しない。

そして前もって決めていたように、左半身を下に倒れ込む。

その状態なら、まず心音を確認されることはないし、脈を取るとしても右手首で取るはずだ。それにダウンベストには、血と板を仕込む以外の意味もある。

通常、呼吸を確認する場合、胸や腹部の動きから判断することができるが、分厚いダウンベストを着ていれば、ある程度ごまかすこともできる。

もう一点、僕の記憶が確かなら、あの時の田村は、目は閉じていたが、口は半開きだった。それならば、怪しまれずに薄く呼吸をすることはできる。

呼吸の確認には、口元に手鏡等を近づけて、その曇りの有無を確認する方法もある。田村も、さすがに亜紀ちゃんや僕たちがそこまでするとは考えなかっただろうが、万一そうしたとしても、田村なら呼吸を止めて切り抜けることができる。

田村の趣味はフリーダイビングで、素潜《すもぐ》りで四十メートルも潜れるそうだ。おそらく三、四分なら息を止めていられる。

あいつはそこまで計算に入れて、自分の死を偽装したんだ」

「何のために、そんなことを？」

「自分の存在を消すため、僕たちリセットされている人間に、自分が死んだと思わせるためだ。あいつは最初から、僕たちを殺して寿命を奪うつもりだった。だがリセットが設定されているのは自分を含めて四人だけ。その状態で殺人を繰り返せば、すぐ犯人が特定される。

それを避けるために、まず最初に自分が死んだように思わせて、容疑の圏外に出たんだ」

「でも、それじゃあ……」

亜紀は唇に手を当てて、考え込む。

「その計画は、私が警察や救急に連絡せずに、小松さんに連絡することが前提になるんじゃないですか？

普通、目の前で人が自殺したら、常識的に考えて警察や救急に連絡すると思います。田村さんはどうしてそう考えずに、私が小松さんに連絡すると思ったんですか？　私が小松さんと付き合ってるって言ったのは、田村さんが胸を刺す直前ですよ。それを知ってから、今聞いたような準備をすることなんてできません」

「おそらくだが、田村は僕たちの交際に、薄々気づいていた。多分、二人でいるところを、どこかで目撃していたんだと思う。その上で、この計画の準備をして、君が僕と付き合っていることを認めたから実行したんだ」

「私と小松さんが付き合っていても、私が小松さんに連絡するとは限りません。救急車を呼ぶことも、十分考えられるじゃないですか。その可能性の方が高いと思います」

さすが亜紀だ。小松は改めて亜紀の聡明さに感嘆する。小松が何度も推考して到った思考の道筋を、よくこの短時間で、それもこの状況で追随《ついずい》できるものだ。

「そのための五百万円だよ。田村は本来、その五百万円を仕事の支払いに充てると言っていた。しかし寿命が限定された田村には、もはやその必要はない。

とはいっても、田村はこれから短い期間とはいえ逃亡生活になる。本当ならお金はいくらあっても困らないはずだ。そのことはのちに安東の殺害現場から、安東の五百万円を持ち去っていることからも推察できる。

だけどあえて、わざわざ不労所得だと言って亜紀ちゃんに自分の五百万円を渡すことによって、亜紀ちゃんが警察や救急に連絡することに、心理的障壁を作ったんだ。

かつその上で、自分の胸を目の前で刺すという衝撃的な光景を亜紀ちゃんに見せて、亜紀ちゃんを混乱させた。

亜紀ちゃんも五百万円の件がなく、単に田村が自分の前で自殺しただけなら、僕に連絡する前に救急車を呼んだんじゃないか」

「……そうかもしれません」

「それにもし亜紀ちゃんが救急車を呼んでも、田村としては全然かまわなかった。

そうなったら、その時はしれっと起き上がり、冗談だったと言えばいい。その時点では、田村はまだ誰も殺害してないんだから、違う策を練ることができる。

警察や消防が来たら、それこそ大目玉を食らうだろうが、悪ふざけだったで押し通せばいい。田村にとっては、警察や消防に注意されるぐらい何の問題でもない。

僕たちは余命がわずかなんだから、失うものはないんだ」

「だから田村さんは、安東さんの時の防犯カメラも、三宅さんの時の目撃者も気にしてないってことですか」

「そうだよ。安東のマンションの防犯カメラには田村の姿が映ってるはずだし、三宅殺害時の目撃者も、逃走した田村の姿を警察に証言しているだろう。しかし、余命がわずかな田村は、そんなこと気にしてない。

安東が殺害された時間は正確には分からない。だが二月三日の昼過ぎに発見した三宅によると、角膜も混濁し始めていたし、死体の硬直もそれなりに進んでいたらしい。

それから考えると、昼過ぎの時点で、少なくとも死後五、六時間は経過していることになり、安東が殺害されたのが二月三日の早朝だと仮定すると、それにより田村が得た寿命は約五日。三宅が殺害されたのは二月四日の午後九時で、それにより得た寿命は三日と十時間。ということは、もともとの寿命が二月八日の午前七時までなので、現在の田村の寿命はおよそ二月十六日の午後五時までとなる。

今日が二月五日だから、あと十一日だけ逃げ切れば、少なくとも逮捕されることはないし、万が一逮捕されたとしても、しばらく否認していれば勾留中に死亡することになるから、起訴されることはないし、死後に殺人犯として扱われることもない。

それに余命が限定されているから警察を気にしなくていいこととは別に、リセット関係者に犯人がいるのは間違いない。

田村の偽装自殺もそうだが、二つの殺人事件はリセット前には起きていない。ということはリセットが原因で事件が起こっているのは間違いない。

だがごめん、先に謝っておくけど、田村の事件が起きた時点では、実は亜紀ちゃんが事件に関係している可能性も一瞬は考えた。亜紀ちゃんにリセットは設定されていないけど、リセットの設定された田村の行動によって、亜紀ちゃんは大きく影響を受けてしまった。

積極的に疑っていたわけじゃないけど、田村の何らかの行動が原因で、亜紀ちゃんが思わず田村を殺害してしまったことも可能性としては検討した。たとえば余命に絶望した田村が、ナイフを持って亜紀ちゃんに襲いかかり、もみ合った拍子に亜紀ちゃんが正当防衛で田村を殺害してしまったとかね。

でも安東の事件が起きて、その可能性は消滅した。亜紀ちゃんには安東を殺害する動機はないし、万が一隠された動機があったとしても、影響は受けてはいても余命が限定されていない亜紀ちゃんなら、防犯カメラに自分の姿が残るような場所で犯行を行うわけがないからね。

もう一つ、謝らなきゃいけないことがある。実はついさっき電話するまで、亜紀ちゃんが田村の共犯じゃないかという考えも、頭の片隅にはあった。

亜紀ちゃんが協力すれば、田村が自殺を偽装するのが容易になるからね」

「そんなことしません。でもどうしてその誤解は解けたんですか？」

「亜紀ちゃんが正直に話してくれたからだ。もし亜紀ちゃんが共犯者なら、田村の死亡の確認を右手首の脈だけだと明言するはずがない。共犯者が田村の自殺を僕に確信させたいなら、両手の脈を見たと言ってもいいし、もっと手っ取り早く頸動脈で確認したと言えばいい。僕の知る範囲では、頸動脈の脈動を止める方法なんか存在しないんだからね」

「信じてもらえて、よかったです」

亜紀は力なく微笑《ほほえ》む。

「本当にごめん。でも疑ってたわけじゃないんだ。亜紀ちゃんがそんなことするはずないと信じてた。あくまで可能性として考えただけだ」

「分かってます。小松さんのようにリセット、でしたっけ？が設定されるような異常な状況に置かれたら当然のことです」

小松は亜紀の手を強く握りしめる。

「それより、田村さんはどうしてそんなことをしてるんですか？　友達を二人も殺してまで？」

「これはあくまで予想だが……」小松は息を呑んで続ける。「田村の趣味はフリーダイビングだ。そしてリセット前の飲み会で、二月十七日の大会で自己最高記録を更新するのを目標にトレーニングしていると言っていた。もしかしたら、人生の最後にその大会に出場するため寿命を延ばそうとしているのかもしれない」

「えっ！　ということは……」

「そう。さっきも言ったが、田村の現時点での寿命は二月十六日の午後五時までだ。そして僕の持ち時間は、二日と十二時間。つまり田村が十七日まで寿命を延ばそうとしてるなら、僕も殺さなけりゃならない」

「ということは、小松さんも狙われるじゃないですか」

亜紀も力を込めて小松の手を握り返す。

「あくまで予想だよ。もしかしたら田村は他に何かやりたいことがあって、寿命を延ばしてるのかもしれない。その目的が現状の寿命で達成できることなら、これ以上僕に危害を加えることはないはずだ。でも十七日の大会が目的なら、僕を狙うのは間違いない。だから僕はスマホの電源も切って自宅も離れた。田村は亜紀ちゃんの住所を知らないということだったんで、ここに来たが間違いないかい？」

「間違いありません」

「電話ではそこまで確認しなかったけど、何らかの方法で知ることは考えられないか？　たとえば田村が亜紀ちゃんの友人に尋ねるということも、あり得るかと思うんだけど」

亜紀は少し考え込んでから答える。

「大丈夫だと思います。私はあまり友達の多い方じゃありません。田村さんと私に共通の友人はいませんし、共通の顔見知り程度ならゼミのメンバーが数人いますが、ほとんどの人は私の家を知りません。何人かの女の子は知ってますが、私の許可なく勝手に人の住所を男の人に教えるような子たちじゃありません」

「僕もここに来るまでタクシーと電車を何回か乗り継いだし、尾行されたとは思えない。できればあと数日、ここに留まらせて欲しいんだけど、万一何らかの手段でこの場所が田村に知られたら、君にも迷惑が掛かるかもしれない。そう考えたら気が重いんだけど」

「迷惑なんかじゃありません。いつまでいてもらっても構いません」

亜紀も小松の寿命がわずかであることを受け入れたのか、再びその目に涙が浮かぶ。

「ありがとう」

「小松さん、酷い顔ですよ。

前は短髪で格好良かったのに髪の毛もボサボサだし、目も充血してます。ちゃんと寝てないんじゃないですか。それにご飯も食べてます?」

「――ああ、そう言えば、ここ数日まともな物は食べてないな」

「駄目です。身体に悪いですよ。執筆が忙しくて寝られないのは分かりますが、ご飯はちゃんと食べて下さい。大したものはできませんが、何か作りますので、ちょっと待って下さい」

時計を確認すると、もうすでに午後七時を回っている。亜紀に全て話して落ち着いたせいか、小松は久しぶりに空腹を感じていた。

「ああ、ありがとう。待たしてもらっている間、隣の部屋の机を使わせてもらってもいいだろうか。少しでも執筆を進めたいんだ」

亜紀は優しく微笑み、どうぞ、と言ってキッチンに立つ。

小松はボストンバッグとコートを手に寝室に移動して、亜紀の勉強机にノートパソコンを置いてコンセントを繋げ、椅子に腰掛けた。亜紀の香りが隣室よりも強い。

小松は幸福を感じながらパソコンを起動させ、ふと前に目を向けると、カレンダーが壁に掛けられており、二月二十四日に亜紀の字で『誕生日』と書いてある。そこにはニコちゃんマークが描かれていた。

そういえば、小松は亜紀の誕生日を知らない。二月二十四日が亜紀の誕生日なのだろうか。だとすれば、あと二十日ほどである。残念ながら、その頃まで自分は生きてはいないが。

「亜紀ちゃん」

小松はドア越しに、キッチンの亜紀に声を掛ける。

「亜紀ちゃんの誕生日って今月なの？」

「え、違いますよ」

亜紀が手を拭きながら現れる。

「ああ、カレンダーですね。それは――母の誕生日です。母は私が中学生の時に亡くなったんですが、今でも毎年母の誕生日は、父と二人でお祝いをすることにしてるんです」

「ふーん、そうなんだ。いい家族だね」

再びドアを閉めてキッチンに消える亜紀を見送り、小松はスマホを取り出して、電源を入れた。そしてネットに接続して調べ物をする。

目的のサイトはすぐ見つかった。小松は手早く知りたい情報を手に入れ、再びスマホの電源を落とす。

まあ大した問題ではないだろう。自分が聞き違えたということもあるし、亜紀が勘違いをしたとも考えられる。

そんなことよりも、小松にはしなければいけないことがある。ボストンバッグから、紙袋に入った五百万円を取り出した。

これはもうすでに自分には使い道も、使う時間もない金だ。それならば、せめて亜紀に有効に使ってもらいたい。

自分はおそらく、ここで命を閉じることになる。死神の言葉を信じるならば、自然死になるそうなので、亜紀に何らかの疑いが掛かることはないだろう。

そうだとしても、迷惑を掛けることに変わりはない。その迷惑料の意味でも、この金は亜紀に受け取ってもらいたい。

亜紀に直接手渡そうかとも考えたが、田村は亜紀に五百万円を渡した直後に、偽装とはいうものの自分の胸を刺している。亜紀にその衝撃的な場面を思い出させるのは忍びない。小松は亜紀の目を盗んで、これをこの家のどこかに忍ばせておこうと決めていた。

隣のキッチンからは、包丁で何かを刻むリズミカルな音が聞こえてくる。今が絶好のチャンスである。小松は音を立てないように気づかいながら、クローゼットの扉を開けた。

几帳面な亜紀らしく、クローゼットの中はきっちりと整えられている。二段に分かれた下段の衣類の納められたプラスチック製のカラーボックスの横に、小振りな段ボール箱が置かれていた。

　さすがに衣類のカラーボックスを勝手に開けるのは気が咎めるし、あまり凝った場所に隠せば、亜紀が気づかないこともあり得る。この段ボール箱に自分の五百万円の紙袋を入れておこう。亜紀が自分の死後、ここから五百万円を発見したら、紙袋も田村の五百万円と同じだし、金額からも小松が残した物だとすぐに気づくはずである。小松は段ボールを引き出し、その蓋を開けた。

二月五日　水曜日　午後八時三十分

「小松さん、すみません。遅くなりました」

　隣室から亜紀の声が掛かる。掛け時計に目を向けて時刻を確認する。さっきクローゼットの扉を開けてから、一時間近くが過ぎている。しかし小松は、さっきから一文字も小説を進めてはいなかった。

　小松は普段から小説の執筆に使用している文書作成ソフトではなく、起動していたノートパソコンの表計算ソフトを閉じ、腰を上げて隣室の食卓に向かう。

　テーブルには肉じゃが、焼き魚、サラダや味噌汁や漬物などが並べられている。

「買い物に行けてなかったので、有り合わせの物しかなくてすいません」

　亜紀はそう言うものの、コンビニ弁当やスーパーの惣菜を主食としている小松の普段の食生活から考えると、信じられないようなご馳走である。

「小松さんはここ数日あまりちゃんと食べてないでしょうし、胃に重いようであれば残してもらって結構ですから、食べられるだけ食べて下さい」

「亜紀ちゃん、ありがとう。

　でも食事の前に、ちょっと聞いてもらいたい話があるんだ。すごく失礼な話だし、亜紀ちゃんを傷つけることになるかもしれない。でも重要な話だし、正直に教えて欲しい」

小松の真剣な雰囲気を感じ取ったのか、亜紀が怪訝《けげん》そうに首を傾げた。

「間違えてたら、ごめん。

田村と安東と三宅を殺したのは、亜紀ちゃんなんだね」


一瞬、亜紀の顔から表情がなくなる。

驚きも怒りも絶望もない、完全な無表情。能面を彷彿させるような無機質な表情が貼り付いていた。

しかしそれはほんの一瞬のことで、次の瞬間には亜紀の目にみるみる涙が浮かぶ。

「小松さん、何言ってるんですか。どうして、どうして……」

「亜紀ちゃん、ごめん。僕は何か誤解してるのかもしれない。

もしかして僕は動揺して、見当外れのことを言っているのかもしれない。でもそう考えると、理屈が通る部分があるのも確かなんだ。

僕が間違ってるなら、それでいい。いや、間違いであって欲しいと、心の底から思ってる。なのでその勘違いを、亜紀ちゃんに指摘してもらいたい。でも今、妄想かもしれない考えに取り憑《つ》かれているのも事実なんだ。

だから僕の話を聞いてくれないか。そしてできることなら、その妄想を完膚なきまでに叩き潰してくれ」

小松も感情を抑えきれない。小松の頰にも涙が伝い、最後の方は嗚咽《おえつ》交じりで言う。

「分かりました。話して下さい」

亜紀は覚悟を決めたかのように、短く答える。

「確かに寿命が限定されて、その上友達が何人も殺害された小松さんなら、取り乱してそんなことを言い出すのも、ある意味、理解できます。

でも信じて下さい。私は本当に何もしていませんし、嘘は言ってません。私が説明して納得されたら、元の優しい小松さんに戻って下さいね」

「ああ、ありがとう。僕も自分が間違っていると信じたい。君は事件に無関係だと、確信したい。そのためにも今からする話は、亜紀ちゃんを傷つけることにはなると思うけど、落ち着いて聞いてくれ」

亜紀は涙を拭きながらも気丈に頷《うなず》き、小松も鼻をかんで話を続ける。

「さっきからずっと、僕の頭に引っかかっていたことがある。

それは三宅の病院での質問だ。さっきも言ったけど、飲み会での田村の不在と、それぞれの死神の見え方についてだ。

田村はリセットが設定される前日、二月七日の飲み会中に、忘れたスマホを取りに行くために、安東の車のキーを持って席を離れている。

それと死神の見え方は、リセットの設定されたそれぞれに、医師、亡くなった両親、警察関係者、黒いローブを着てフードで顔を隠した老人だった。

三宅は仕事の都合で遅れてきたので、田村がスマホを取りに行った時にはまだ来ていなかったし、事故の時ローブを着た老人に見える死神に会ってはいたが、死神にそれぞれの見え方までは説明を受けなかったそうだ。

なのでそれを僕に確認したかったそうだけど、三宅はその結果から、田村は自殺していないという結論に達した。

僕にはこれが理解できなかった。

田村が何らかの作為をしていたというのは分かる。

実際、僕は田村が自殺したフリをしたんだと思い、それを確かめるために田村の死体を確認しに行った。

そしてその結果、死体が消え失せていたことから、田村は自殺していないという結論に達した。

しかし飲み会での田村の中座はリセット前だし、死神の見え方がどうであれ田村の偽装自殺には関係ないように思える。

僕は当初、三宅が僕の知らない情報を持っていて、そこから田村の自殺を偽装だと見破ったんだと思ったが、そう考えても不自然だ。どんな情報を持っていたとしても、田村の不在と、死神の見え方から田村の自殺が偽装だと見破る術《すべ》なんかない。少なくとも、僕には想像もつかない。

ということは三宅の達した結論は、田村の偽装自殺じゃないということになる。三宅は、田村は自殺してないかもしれない、とは言ったが自殺を装ったとは言ってない。

つまり三宅は、亜紀ちゃんが田村を殺害したという結論に達していたんだ」

「どうしてそうなるんですか?」

亜紀が涙声で反論する。

「それが僕にも分からなかった。僕にはその二つのことから、亜紀ちゃんが田村を殺害したという結論に到る道筋が全くトレースできなかった。

なので失礼ながら、逆に亜紀ちゃんが田村を殺害したという結論ありきで考えてみた。その上で、さっきの二つの事象、田村の中座と死神の見え方がどう関連するかを検証してみた。

まず田村の中座。

田村は安東の車のキーを借りて席を外した。でも、これはほんの五分ほどで、地下駐車場に行くぐらいの時間しかないし、その上、田村は飲み会の時に言っていたが、駐禁の点数が累積して免停中だ。安東の車を動かしたとは考えにくい。

ちなみにその後にも、田村はもう一度席を外しているが、これは客から電話が掛かってきたからで田村には予想できないイレギュラーなものだし、車のキーは持っていないので無視していい。

だから田村は一回目の中座で車のキーで車を開けて、わざと前もって忘れていたスマホを回収するついでに、トランクの鍵を開けておいたんだ。

もしかしたら、開けっぱなしになったトランクは目立たないように、ガムテープか何かで固定したのかもしれない。そして前もって安東のマンションの地下駐車場に呼び出しておいた亜紀ちゃんと合流して、安東の車の位置と、そのトランクを開けてあることを亜紀ちゃんに説明する。

その後、亜紀ちゃんと別れた田村は、大急ぎで飲み会に戻る。

亜紀ちゃんはいったん自宅に戻り、おそらく翌朝、僕たちが出発する前に昨日教えられた位置に停まっている車のトランクの中に忍び込んで、自分でトランクを閉めたんだ。

「何のために、そんなことを？　私は何のために、知らない人の車のトランクなんかに隠れる必要があるんです？」

「理由は分からない。何らかのサプライズだったのかもしれない。

しかしそう考えると、三宅の死神の見え方についての質問にも説明がつく。

死神は僕に、リセットの設定されているそれぞれの人に対する自分の見え方は、医師、亡くなった両親、警察関係者、黒いローブを着てフードで顔を隠した老人だと言った。

僕は最初、死神は僕には医師、田村には亡くなった両親、安東に警察関係者、三宅には老人に見えたと思ったんだが、実はよく考えたら、これは少しおかしい。

よく思い返してみたら、田村は自分の会った死神は死んだ父親に見えたと言っていた。

死んだ両親と死んだ父親とは、似ているようで大きく違う。死神は不明確なことは言うが、不正確なことは言えないと宣言していたし、それを混同するとは思えない。

それに田村の母親は、田村が赤ん坊の頃に死んでいて、田村は母親の顔も知らないので、死んだ両親に見えたと言うはずもない。

そして亜紀ちゃん、君は田村の死体を発見した時に、お母さんは君が中学生の頃に亡くなったと言っていた。

君は車のトランクに潜んでいる状態で事故に遭って死亡して、昔亡くなったお母さんに扮した死神に出会い、リセットが設定されたんだ。

つまり死神に会ったのは、僕が医師、田村が亡くなった父親、亜紀ちゃんが亡くなった母親、安東が警察関係者、三宅が老人で、リセットが設定されたのは僕たちが考えていた四人ではなく、本当は五人だったんだ。

これはにわかには信じられないことだが、実はこの説を補強する材料は他にもある。

ついさっき君は、僕の髪を前は短髪だったと言った。でも、僕は以前に君に会った時も、今も変わらず長髪だ。それどころか、最近髪を短くしたことはない。

唯一の例外は、リセットが設定される前の飲み会の前日である二月六日、長年伸ばしていた長髪をすっきりと切っているけど、普通に考えたら亜紀ちゃんにそれを目にする機会はなかったはずだ。

そしてリセットが設定されてからは、散髪どころじゃなかったから、その散髪をしたという事実は消失している。

ということは、君が僕の短髪を目にする機会は一度しかない。

死神は事故に遭った人間の死亡時刻には、数分のズレがあると言っていた。君はおそらく事故に遭った時、その衝撃でトランクから放り出されて、死ぬまでのわずかな時間で、すでに死亡している短髪の僕を目にしてしまい、僕が前から短髪だったと誤解して口を滑らせたんだ」

亜紀はすでに泣き止み、悲しげに顔を伏せている。小松の説を認めているのか、もしくはまとめて反論するつもりなのか、小松には判断できなかった。とにかく無言を貫いている。小松は自分の決心が鈍らないように、一気に話を続ける。

「今回の一連の犯罪には、二つの決定的な証拠がある。安東殺害における防犯カメラに映っているであろう犯人の映像と、三宅殺害における通行人による目撃証言だ。

なので僕たちは、通常犯罪を行う人間が、そんな雑なことをするわけがないと考えて容疑者をリセットが設定されている人間に限定したわけだけど、その中に君は入っていなかった。しかし、君にもリセットが設定されていたと考えると、全てのことに整合性が見いだせる。

事故の後、亡くなったお母さんの姿で現れた死神に説明を受けてリセットが設定された君は、どちらから連絡を取ったのかは分からないが、田村と接触する。そして理由については後で説明するが、自分の寿命を延ばすために田村を殺害する。

しかし君は、田村の余命が自分に加算されただけでは満足できなかった。君には明確にいつまで生きたいという目的があって、それには田村の余命では足りなかった。

それで君はもっと命を延ばすため、田村の死を隠蔽することなく、僕に連絡を取る。

その時点で、君も死神に説明を受けていたから、リセットについてのルールや自分の余命についてはは理解していたが、トランクの中にずっと潜んでいたから、田村以外の誰にリセットが設定されているか知りようがなかった。

唯一の例外が僕だ。君は事故の時に、僕が同じ車に乗っていたことを目撃していた。その僕に接触することによって、他にリセットが設定されているのが誰かを探ろうとしたんだ。

そして僕は君の思惑どおりに、安東と三宅を連れて君に会いに行ってしまった。

君にしてみれば、予想以上の成果だっただろう。何とかして僕から一緒に事故に遭ったメンバーを聞き出そうと思っていたのに、一足飛びに直接その人たちと知り合いになって、連絡先を交換することができたんだからね。

そして安東のマンションを知っていた君は、訪ねて行って安東を殺害。そして三宅からは会社の名刺をもらっていたんで、会社の前で待ち伏せして三宅を殺害。

どちらの場合も、君はリセットが設定されているのだから、長期間警察の捜査を逃れる必要はなかった。一定期間だけ、逃げ切ればよかった。

なので安東のマンションの防犯カメラも、三宅殺害時の通行人による目撃も気にする必要はなかったんだ。君は安東や三宅とは、もともと接点がない。防犯カメラや目撃証言から、君の姿が警察に確認されたとしても、すぐに身元は特定されない」

「小松さんの説明では、納得できないところが多々あります。

いくらサプライズだとしても、会ったこともない人の車のトランクに潜んでいる理由なんてないと思います。そのまま走行したら怪我をするかもしれませんし、そんな危険なこと、するわけないじゃないですか。

ですが百歩譲って、それに何らかの理由があったとしても、もっと納得できないところがあります。

仮に、あくまで仮にですよ、私にも小松さんたちと同様にリセットが設定されていたとします。でもその状況で私が人を三人も殺してまで、わずか数日間だけ自分の命を延ばしたい理由って何なんですか？」

「亜紀ちゃん、隣の部屋のカレンダーの二月二十四日の欄に誕生日と書いてあるね。あれは誰の誕生日なんだい？」

小松は亜紀の質問に、質問で返す。

「さっきも言ったじゃないですか。死んだお母さんです」

「死んだお母さんの星座は何だった？」

小松の質問に、亜紀が言葉に詰まる。しかし、それも一瞬のことだった。

「魚座です」

「そうだ。二月二十四日生まれは魚座だ。さっきスマホで調べたから、間違いない。しかし君は以前、田村の事件現場で亡くなったお母さんに脈の見方を教えてもらったと話した時に、お母さんは山羊座だったと言った。

つまり二月二十四日はお母さんの誕生日じゃない」

亜紀は息を呑んだように黙り込む。

「二月二十四日はおそらく、君にとって大切な人の誕生日なんだろう。残念ながら僕の誕生日は八月だ。

僕の仮説が正しければ、サプライズで車のトランクに隠れていることを受け入れるぐらいだから、君と田村は僕が思っている以上に関係性が深かったんだろう。でも田村は年末に自分の誕生祝いをかねてハワイに行ったと言っていた。ということは田村の誕生日は十二月だ。つまり君には僕でも田村でもない、もちろん亡くなったお母さんでもない大切な人がいて、その誕生日である二月二十四日まで生き延びるために三人を殺害したんだ」

小松はそこまで話して言葉を切る。

先ほど自分の予想が正しい場合の、現時点での亜紀の寿命をパソコンの表計算ソフトを使って計算していた。

田村が殺害されたのは亜紀が電話を掛けてきた時間から推察して二日の午後二時ぐらいだと思われるので、それによって亜紀に加算される時間は五日と十七時間。

安東が殺害された時間は正確には分からないが、以前検討した三日の早朝が正しいとすると、それによる加算は約五日。

三宅が殺害されたのは四日の午後九時で、加算は三日と十時間。

それをリセット終了時刻の八日午前七時に合算すると、二月二十二日の午前十時となる。

つまり現状でも、時間が正確に分からない安東殺害による加算を、最大あと六時間増やしたとしても、到底、亜紀の寿命は二月二十四日までは到達していない。

そして現在の時刻は五日の午後九時を回っているので、今現在の自分の持ち時間は二日と十時間弱。もし亜紀にリセットが設定されており、二月二十四日まで生きようとしているのなら、小松の殺害も必須ということになる。

小松はポケットの中のナイフを握りしめて、相対する亜紀を見つめる。

亜紀は視線を落として考え込んでいるようで、その表情は読めない。数分の無言の時間の後、亜紀が口を開いた。

「小松さんは、小松さん自身は、今の話を本当に信じてるんですか？」

改めてそう問われると、小松は言葉に詰まった。

自分は本当に自分の説を信じているのか。

確かに今の話は筋が通っている。いや、筋は通っている。つまり論理として破綻《はたん》している部分はないが、ただそれだけだとも言える。

「小松さん、確かに小松さんに誤解させた私も悪いと思います。でも結局のところ、小松さんの理屈は、私がお母さんの星座と、小松さんの髪型を間違えたこと、そして死神の見え方を根拠にしてるんですよね。

お母さんの誕生日は、本当に二月二十四日で魚座です。憶えてませんが、もしかしたらお父さんが山羊座なので、山羊座だって言い間違えたのかもしれません。

それに言われてみれば、小松さんはずっと長髪でした。ですが最初に会った時からずっと、小松さんには短髪が似合うと勝手に想像していて、会えない時間が長かったので、自分の想像と現実とを混同してしまったんだと思います。

死神の見え方の話は私には分かりませんが、もしかしたら小松さんの記憶違いや、田村さんの言い間違いということもあり得るじゃないですか。

死神は亡くなった父親と言ったのに、小松さんが亡くなった両親と聞き間違えたり、もしかしたら田村さんは亡くなった両親の姿をした死神に会ったのに、田村さんが亡くなった父親と言ってしまったのかもしれません。田村さんがお母さんの顔を覚えてなかったとしても、写真を一度も見たことがないということはないでしょう？

小松さんも田村さんも死神と会ったのは事故直後の夢の中だったんだから、正確に覚えていなくても不思議はないんじゃないですか」

そう言われれば、確かにそうとも言える。

できることなら、亜紀の言葉を信じたいと思い始めている。

「小松さん、私のお母さんの誕生日は二月二十四日です。それに私が小松さん以上に、大切に思っている人なんていません。

なのに、私がお母さんの星座を言い間違えたぐらいで、それも田村さんが目の前で自殺した直後の混乱した状況で間違えたぐらいで、それまで疑うんですか。

いくら何でも酷いです」

亜紀の頬に再び涙が伝う。その姿を見て、小松の胸は痛む。

確かに自分は亜紀を疑っている。しかし疑ってはいるが、愛していることに変わりはない。

あと二日ほどで命を閉じようとしている自分が、愛する人を傷つけて泣かせる意味などあるのだろうか。

そうは思いながらも、小松は言葉を返す。

「ごめん、亜紀ちゃん。亜紀ちゃんを泣かせるのは、本当に辛い。でもあくまで可能性の検討だ。

なので最後に一つだけ教えてくれ。

隣の部屋のクローゼットの段ボールの中にある紙袋はどうしたんだ？」

その瞬間、さっきと同様に亜紀の顔から一切の表情が消える。頬にはまだ涙が伝っている。無機質な、まるで血も通っていない陶器のような白い頬を、涙が流れ落ちて顎から滴《したた》った。しかしその瞳には何の感情も表れていない。

瞬《まばた》きもしない真っ黒な二つの穴にまっすぐに見つめられて、小松は思わず視線をそらす。

「これも謝らなきゃならないんだが、さっき勝手に隣の部屋のクローゼットを開けさせてもらった。誤解して欲しくないんだが、亜紀ちゃんのことを疑って家捜しをしたわけじゃない。

十年前に盗んだ僕の分の五百万円を、どこかに隠しておこうと思ったんだ。僕にはもう必要ないものだし、それなら僕の死後に亜紀ちゃんに使ってもらおうと思った。

それでクローゼットの中の段ボール箱を見させてもらったんだが、そこにはもうすでに五百万円の札束が入った同じ紙袋が二つあった。

全く同じせんべいの紙袋だ。もちろん、一つあるのは問題ない。亜紀ちゃんは、田村の五百万円をその紙袋に入れて持ち帰ったんだからね。

でも、もう一つの紙袋はどうしたんだい？」

亜紀は答えない。

「あの現金の入った紙袋は四つある。僕たちが盗んだ現金を分けるために、安東が用意してくれた。それを僕たち四人が、それぞれ持ち帰った。僕のは僕が今日ここに持ってきた。田村のは亜紀ちゃんが持ち帰った。三宅のはおそらく三宅の自宅にあるはずだ。

そして安東のは、安東の死体を発見した三宅によると、現場から消えていた。おそらく安東を殺害した犯人が、持ち去ったんだろうと思われる。

亜紀ちゃん、どうしてそれが君の家にあるんだ」

無言で聞いていた亜紀に、徐々に表情が戻る。そして止まっていた涙が再びあふれ出し、亜紀はしゃくり上げ始めた。

「ごめんなさい。本当にごめんなさい。どうして小松さんがいきなりこんなことを言い出したのか、やっと分かりました。

やっぱり私が悪いんです。私が小松さんに隠し事をしたばっかりに、小松さんを困らせてしまってたんですね。

おかしいと思ったんです。普段は優しい小松さんが、いつも私を信じてくれている小松さんが、いくら混乱したからと言って、そんな小さな言い間違いくらいで私を殺人犯だって疑うなんて。

ごめんなさい、小松さんもこんな話、したくてしてたんじゃないんですよね。全部、私が悪い。優しい小松さんに誤解させてしまった私が悪いんです」

亜紀は話してる間に感情が抑えきれなくなったのか、子供のように泣きじゃくる。

「亜紀ちゃん、泣いてちゃ分からない。誤解なら誤解で説明してくれ。隠し事ってなんなんだ？」

「ごめんなさい、本当にごめんなさい」

亜紀は必死でしゃくり上げるのをこらえるように話し出す。

「何度も言ってますが、私は何一つ小松さんに嘘は言ってません。それは本当なんです、それだけは信じて下さい。ただ一つだけ、隠し事というより、単に今まで言うタイミングがなくて言えてないことがあるんです」

「何だい？」

「実はあの日、田村さんが亡くなったあの日、車で送ってもらって家に帰って小松さんと電話した後、しばらくして連絡先を交換したばかりの安東さんから電話が掛かってきたんです。それで相談があるから、今すぐもう一度会いたいって言われました」

「どんな用件で？」

「その電話では、私が持ち帰った田村さんの五百万円について、話したいことがあるからとだけ言われて、詳しく説明してもらえませんでした。

でも自分はあまり外出したくないから、どうしても私に家に来て欲しいって言われました。私も田村さんのお金を持って帰った負い目があって、それを理由にされると断り切れなくて、その日の晩に安東さんの家に行きました。

そしてマンションの前に着いて電話したら、マンションの入り口で待っていてくれと言われました。電話を切ってしばらくしたら、安東さんがマンションの入り口から出てきて、何も言わずにいきなり紙袋を手渡されたんです。

見覚えのある紙袋だったんで、受け取って恐る恐る中を見てみると、思ったとおり五百万円の札束が入ってました。びっくりして安東さんにどういうことか問い質《ただ》したら、考えてみたけど、これは自分には必要ないし、見たくもないって。

さっき小松さんに説明してもらうまで、私にはそのお金が何のお金か分からなかったので、どういうお金なんですかと訊《き》きました。

すると、このお金は自分以外の三人が主体となって手に入れたもので、自分はただその計画に巻き込まれただけだ。でも一応のメンバーだということで、分け前をもらった。しかし田村が君に渡したのなら、自分にも持っている理由がない。田村の取り分を君が受け取るのなら、これも君が受け取るべきだ。そう言われたんです。

私、わけが分からなくて、それなら三宅さんか小松さんに渡して下さいって言ったんです。なのに安東さんはそれには答えずに、マンションのエントランスに戻ってしまいました。時間にすれば、ほんの二、三分のことだったと思います。

私はマンションの自動ドアを開けられないし、もし出入りする人について入ったとしても、安東さんの部屋番号までは分かりません。安東さんに何度電話しても出てもらえません。途方に暮れて、物は現金だしその場に放り出しておくわけにもいかないので、仕方なく持ち帰ってきました。

よほど小松さんに相談しようかとも思ったんですが、その日、小松さんが、数日のうちには、お金のことも自分たちが抱えてる事情についても全て説明すると言ってくれたのを思い出して、忙しい小松さんの負担になってもいけないし、それならそれまで私が保管しておこうと思ったんです。

で、さっき小松さんが十年前の事件について話してくれた時に、どういうお金かは分かりました。それが原因で事故に遭った安東さんが、そんなものを目にするのも嫌になって私に押しつけたということも理解できました。

本当ならその時に、安東さんからお金を託されたことを言えばよかったんですが、その後に小松さんから、安東さんもすでに亡くなっていることを知らされて、動揺して言いそびれてしまったんです。

ごめんなさい、私が不用意に余計なものを預かったばっかりに、そしてそのことを言うタイミングを逃したせいで、小松さんに辛い思いをさせてしまって。

本当にごめんなさい」

さめざめと泣く亜紀を、小松はどこか冷めた心持ちで眺める。

果たして亜紀は本当のことを言っているのだろうか。小松は心の中で亜紀の話を検証する。

整合性は――、確かに取れている。論理の破綻はどこにもないし、亜紀の言うとおりのことが起こったなら、その対応も不自然ではないような気がする。しかしどこにも正しいという確たる証拠もない。

ということは状況証拠から判断するしかないわけだが、果たして安東が五百万円を亜紀に託したりするだろうか。安東と亜紀は一度しか顔を合わせていない。混乱していたとしても、初対面の人間に大金を渡すのは、不自然だとも思える。

いや、あの時、安東はかなり憔悴《しょうすい》していた。その上、安東は五百万円に執着していなかった。三宅が掘り出しに行こうと提案した時にも、一度は自分はいらないと言っていたではないか。取りあえず持ち帰ったものの、気が変わって見たくもないと思ってもおかしくない。

それにあの時の安東なら、寿命のやり取りという動機が存在する自分や三宅との接触を嫌い、田村が亜紀に五百万円を残したことを理由に、自分の取り分も亜紀に押しつけてもおかしくないようにも思える。

小松がそんなことを考えている間も、亜紀はずっと泣き続けている。その姿を見続けている時、小松はふと気づいた。

大切なのはそんなことではない。論理が破綻していないのであれば、あとは感情の問題だ。状況証拠も重要かもしれないが、状況証拠はあくまで状況証拠である。そんなものは、文字どおり自分の状況、つまりは感情でどうとでも捉え方が変わる。

つまるところ、自分はどうしたいのだ。亜紀を信じたい、自分は亜紀を信じたい。小松はあらためて強く思った。

つまり亜紀の言っていることは全て正しい。それでいいではないか。愛する人の涙ながらの訴えを信じられなくてどうする。

万が一、裏切られたとしても自分の寿命はあと数日だ。愛する人を疑いながら死んでいくより、騙されたとしても信じたまま死んでいく人生の方が意味がある。それならそれで構わない。小松は心の底からそう思った。

自分のやるべきことは、亜紀を信じ、あとはやり残した仕事である小説を完成させることに全精力を傾けるだけである。小松は心を決めて口を開いた。

「亜紀ちゃん、ごめん。僕が悪かった。僕は亜紀ちゃんを疑った自分が恥ずかしい。亜紀ちゃんは、何も間違ったことはしていない。僕は亜紀ちゃんを信じるよ」

「本当ですか」

亜紀は顔を上げる。

「本当だ」

「こんな私のことを、信じてくれるんですか？」

「ああ信じる。君にこんな辛い思いをさせて、本当にすまなかった。こんな時だけど、言わせてくれ。僕は本当に心から君を信じてる。そして……」

今までとは違う種類の興奮で胸が高鳴る。そうして小松は、生まれて初めて口にする言葉を継いだ。

「君を……、亜紀ちゃんを、心から愛してる」

小松はテーブルの上の亜紀の手を両手で包み込む。その頬をあふれる熱い涙が伝い落ちた。小松は包み込んだ亜紀の手を引き寄せ、腰を上げてそこにそっと唇を寄せた。

「小松さん。私も小松さんを愛してます」

亜紀も小松の手に頬を寄せる。そして二人は自然に唇を重ねた。

今だ。今のこの瞬間だ。

この瞬間のために、自分は生まれてきたと言っても過言ではない。もし万が一、亜紀が自分を裏切っていたとしても本望だ。

いや、むしろできることなら今この瞬間に、亜紀に刺し殺してもらいたい。小松はその瞬間だけは完全に小説のことも忘れ、今までの人生で感じたことのない幸福感に包まれながら、そう思った。

「よかった、本当によかった。ありがとうございます。私が悪かったのに信じてもらえて、よかったです。本当にありがとうございます」

亜紀は涙を拭きながら、無理やりなのかそれでも笑顔を作る。その泣きはらした目は充血して腫れぼったい。しかし小松にはそれさえも愛おしい。

「じゃあ小松さん、遅くなっちゃいましたけど、晩ご飯にしましょう。

ああ、すっかり冷めちゃいましたね。ごめんなさい、温め直します」

亜紀は味噌汁の椀を手に立ち上がる。幸せな気分でその後ろ姿を見つめながら、小松はふとあることを思いつく。

自分にとって何より大切なのは亜紀だ。それは間違いない。

しかし自分には残された仕事がある。自分のためにも、亜紀のためにも自分は小説を書き上げなければならない。

現時点で、三宅との病院での会話の途中まで執筆済みだ。その後の亜紀からの電話、田村の遺体消失の場面、そしてここに来てからの今さっきの亜紀との会話、そしてこれからの話。

それを全て書き切って推敲《すいこう》までを終えるとすると、自分の持ち時間では足りないかもしれない。

しかしそれならそれでいいではないか。粗くても最後まで書き切ることさえできれば、少なくとも亜紀に読んでもらうことはできる。最愛の人に自分の最後の仕事を知ってもらうことができる。それさえ叶えば、思い残すことはない。

できることなら自分の死後に亜紀に推敲してもらい、自分の名前で新人賞に応募してもらうこともできるかもしれない。

そう思いながら、小松は口を開いた。

「亜紀ちゃん、ごめん。色々考えてるうちに思い付いたんだが、ちょっと外出しなきゃいけない用事ができた。すぐ戻ってくるから、ちょっと待っててくれないか」

「えっ、こんな時間からですか。どこに行くんです？」

「今まで仕事が忙しいと言ってたけど、実は今回の事件の顚末《てんまつ》を、僕の最後の小説としてまとめてるんだ。今の僕はそれさえ書き終えたら、いつ死んでも悔いはない。

でもそのためにもう一度、田村の家に行かなくてはいけない」

「どうしてです?」

「今まで話した亜紀ちゃん犯人説だけど……」

小松は今ではそれを信じてないことを示すためにも、あえて軽口のように言う。

「亜紀ちゃんが犯人だったとしたら、田村の死体を隠したのも亜紀ちゃんということになる。死体を隠したのが三宅か安東のどちらかだとしたら、車を持っている二人なら死体は車でどこかに移動させて隠す。

対して亜紀ちゃんは車どころか免許すら持っていない。それに田村は細身で小柄とはいえ男性だ。女性で小柄な亜紀ちゃんが死体を隠すとしたら、隣の部屋に動かすぐらいしかできない。そして打って付けなことに、田村が殺害された隣の部屋は倉庫として使用されていて、業務用の大型冷凍庫がある。亜紀ちゃんが犯人なら、あそこに田村の死体を隠す。

ああ、誤解しないでくれよ。今は亜紀ちゃんが犯人だなんて、微塵《みじん》も思っちゃいない。今では犯人は田村だと確信してる。

だけど僕の書いているのはミステリだ。

田村犯人説に説得力を持たせるために、視点人物である僕が田村の家の冷凍庫を確認して、そこに何もないという場面を小説に記したいんだ」

「そんなこと言って、本当はまだ私のことを疑ってるんでしょ?」

小松は一瞬ドキリとしたが、言葉に反して亜紀は、頬をぷっくりと膨らませ、いたずらっぽい笑みを含んだ上目遣いで小松を見つめている。小松はホッと胸をなで下ろす。小松はホッと胸をなで下ろす。小松はホッと胸をなで下ろす。

「ごめんごめん、そうじゃない。今では亜紀ちゃんを全面的に信じてる。あくまで小説にリアリティーを持たせるためだ。

タクシーで往復したら一時間ぐらいで帰ってこられるし、今からちょっと行ってくる」

「冗談ですよ。じゃあ急いで、行ってきて下さい。小松さんのそういう自分の仕事に妥協しないところも素敵です。

でもそれじゃあ遅くなっちゃいますから、先に少しでもご飯を食べていって下さいよ」

そう言われると小松としても迷うところではあったが、やはり気がかりはできるだけ早く解消しておきたい。それさえ確認できれば、あとは死ぬまで亜紀と二人でこの部屋にこもりっきりで、執筆に専念できるのだ。

「いや、せっかくのご馳走だし、全て片付けて落ち着いてからいただくよ。

そうだ、どうせだから途中でデザートでも買ってこよう。さすがにこの時間だからケーキ屋とかは無理かもしれないけど、コンビニスイーツでも買ってくる」

「そうですか、分かりました——

じゃあ私はその間に、もう一品ぐらい何か作っておきます」

若干、不満そうではあるが、亜紀も納得してくれたようだ。

小松は立ち上がって、隣の部屋にコートを取りに向かう。電源を切ったスマホと財布、そしてポケ

バッグやパソコンは置いていって問題ないだろう。電源を切ったスマホと財布、そしてポケ

ットの護身用のナイフを確認し、コートを取り上げる。

その時、コートのポケットから何かが転げ落ちた。

小松が視線を向けると、何より大切にしている亜紀とお揃いのキーホルダーのガラス玉が床に転がっている。ポケットを探り鍵を取り出すと、キーリングとガラス玉を繋いでいた細い紐が切れていた。

普段から暇さえあれば亜紀のことを考えて、もてあそんでいたからだろう。苦笑しながら足下に落ちたガラス玉を拾おうと屈み込んだその瞬間、背中に何かが勢いよくぶつかり、その衝撃で小松は前に手をつく。

フローリングに手をついたまま目を向けると、すぐ横で倒れた亜紀が立ち上がろうとしている。

てっきりキッチンにいると思っていたが、いつの間にかこっちの部屋に来ていたようだ。小松が急に屈みこんだので、後ろからぶつかって足を取られたのだろう。

「亜紀ちゃん、ごめん。大丈夫？」

急いで助け起こそうとする小松の目に、物騒なものが飛び込んでくる。

包丁だ。亜紀の傍《かたわ》らに刃渡り二十センチほどの出刃包丁が転がっている。

危ない。あんなところに包丁があったら、転んだ拍子に亜紀が怪我をしたのではないか。小松がそう思って亜紀に手を貸そうとした時、亜紀はそれより素早く包丁を拾って立ち上がる。

「もー小松さん、いきなり屈まないで下さいよ」

包丁を手に持つという似合わない状況で、亜紀ははにかむように笑った。

「ごめんごめん、大丈……」

小松が言い終わらないうちに、亜紀はいきなり包丁を突き出してきた。反射的に小松は上体をねじる。しかし、完全には避けきれずに切っ先がセーターを突き破り、小松は脇腹に激しい痛みを感じた。

「どうして避けるんですかぁー?」

あまりの出来事に茫然《ぼうぜん》と立ち尽くす小松に対し、亜紀は相変わらず恥ずかしそうな笑みを浮かべている。

「あ、亜紀ちゃん?」

小松には状況が理解できない。脇腹に手を当てると、その手にべったりと血がついた。「それに、どうして晩ご飯を食べてくれないんです?」

亜紀は相変わらずの笑みを小松に向けた。

「え?」

亜紀は包丁を脇腹に構える。小松は我が目を疑う。

「人にわざわざご飯を作らせといて、くだらない小説のために出かけるなんて、酷いです。小松さんは言われたとおりに、さっさとご飯を食べてくれればいいんです、よっ!」

亜紀はその表情のまま、再び勢いをつけて体ごと小松に向かってくる。わけが分からないながらも、小松は反射的に横に飛び退《の》き、危ういところで出刃包丁の切っ先を避ける。亜紀は体ごと、隣室に続くドアに激突した。

あまりのことに小松は声も出ない。

小松は無意識に後ずさる。しかし六畳ほどの部屋にはさほど奥行きはなく、すぐにベランダに続くサッシに背を阻まれた。

亜紀は小さく舌打ちをして、木製のドアに刺さった包丁をゆっくりと引き抜き、再び小松に向けた。

その切っ先は、亜紀の勢いを示すかのようにわずかに刃こぼれしている。小松は再び自分の脇腹を確認する。幸いなことに、出血はそれなりにあるが、傷はそう深くないようだ。

「時間がないんですから、あまり手間を掛けさせないで下さい。

さっさと睡眠薬入りのご飯さえ食べてくれてれば、今頃小松さんはぐっすり寝込んで、幸せな気分で地獄に行けたんですよ。その方が小松さんも幸せだったし、時間の短縮にもなったのに」

信じられない。これは本当に亜紀なのか。表情や口調は普段の亜紀と変わらない。だからこそ、小松にはその行動がまるで信じられなかった。

「亜紀ちゃん、一体どうしたんだ。何か誤解があるのかもしれない。話し合おう」

小松はとても状況に似つかわしいとは思えない言葉を口走る。

「誤解なんかありません。なので、話し合う必要もありません。それに私には時間がないんです。

何が愛してる、ですか。小松さんは最初から最後まで、ずっと私のことを疑ってたんでしょ？　だから悟士の死体を確認に行くんでしょ？」

亜紀は笑顔を消して、冷静な顔で言う。

「小松さんの話は、大筋で合ってます。確かに二月二十四日は私にとって、誰よりも大切な人の誕生日です。私は何があってもそれまで生きなきゃならないんです。何があっても。そのためには何でもするし、誰にも邪魔はさせません」

亜紀は言い終わるか終わらないかのうちに、再び勢いをつけて身体ごと小松に突っ込んでくる。小松はベッドに飛び退き、危ういところでそれを避けた。恐れおののきながら声を上げる。

「亜紀ちゃん、落ち着いてくれ。僕は亜紀ちゃんのためなら何でもできる。この命さえ惜しくはない。だから説明してくれ」

亜紀はわずかに乱れた息を整えながら、改めてわずかに欠けた包丁の切っ先を小松に向けたまま移動し、隣室に続くドアを背にする。退路を塞いだつもりだろう。

「そこまで言うなら、説明してあげます。小松さんは自分の罪をちゃんと知ってから、死んでいく義務があるし」

亜紀は相変わらず包丁を腹の前に構えて、数回、深呼吸を繰り返す。

そしてしばらくしてから話を始めた。

「さっきも言ったように、誤解なんかありません。小松さんの推理は、おおよそ、そのとおりです。

私が悟士と他の二人を殺しました。小松さんは私が悟士を殺した理由が正当防衛かもしれないと言ったけど、そうじゃありません。あの日、会いたいと言ってきた悟士に、私の方からナイフを用意して家に行きました。最初から殺すつもりで」

亜紀は氷のように冷たい笑みを浮かべる。

「どうして私が寒い中、狭い車のトランクの中にいたか教えてあげましょうか？　何がサプライズですか。何で私がそんな馬鹿げたことに、付き合わなきゃいけないんです。私は悟士に殺されたんですよ」

どういうことだ、小松には理解が追いつかない。

「そう言っても、小松さんには、一から説明しないと分からないでしょうね。

あの日、小松さんたちが集まって飲み会をする予定だった二月七日の昼過ぎ、私は悟士の家を訪ねました。そして話してるうちに、逆上した悟士が私の首を絞めてきたんです。私も抵抗したけど、男の力にはかないません。私はそれで気を失って、その後のことは憶えていません。今思うと、その後二十時間近くも意識が戻らなかったんだから、単に気を失ってたんじゃなくて、仮死状態のようになっていたのかもしれません。

とにかく次に記憶があるのは、狭い空間で体中を打ち付けられる激しい衝撃を感じた時です。それが、小松さんたちが起こした事故だったんでしょうね。

馬鹿な悟士は気を失った私のことを殺してしまったと勘違いして、その死体を処分するために、私の身体を安東さんの車のトランクに詰めこんだんです。

その状態で事故を起こしたから、小松さんたちだけじゃなく、実は生きていた私にもリセットが設定されたんですよ」

混乱しながらも、小松は必死に話の理解に努める。いや、亜紀の話は根本的におかしい。そんなことは、どう考えても不可能だ。

「亜紀ちゃん、本当のことを言ってくれ。田村にそんなことができるわけがない。その話が本当だとしたら、亜紀ちゃんが田村に襲われたのは、田村の自宅のはずだ。そうなると、田村は亜紀ちゃんの身体を、安東の車のトランクに詰め込むことなんて、できやしない」

小松の言葉に、亜紀はさも楽しそうに含み笑いを返す。

「本当に頭の悪い人ですねぇ。私は小松さんの話を聞いて、悟士がどうやったか、すぐ分かりましたよ。

じゃあ、ヒントをあげましょう。

さっき小松さんは、悟士の飲み会での二回目の不在は事件に無関係だとしましたが、実はそうじゃありません。二度目の不在にも、重要な意味があります。それに安東さんの車がどんな車かを考えたら、おのずと答えは出ますよ」

どういうことだ？　田村の二回目の不在は、一回目よりは長く二十分ほどだった。しかしその時は一回目と違い、田村は車のキーを持っていない。なのでトランクを開けることはできないし、もちろん車の運転もできない。それに安東の車の車種がどう影響するのだ。

そうだ！　そこまで考えて、小松はあることに思い当たる。安東の車は高級車だし、去年買い換えたばかりの新車だった。

ということは――

「やっと分かったみたいですね。

そうです、スマートキーです。安東さんの車は新車の高級車だったそうですし、それなら当然、スマートキーが採用されているはずです。スマートキーの車なら、運転するのにキーを所持している必要はありません」

確かにそれなら筋は通る。

スマートキーが装備されている車なら、キーを車に差し込む必要はない。そして、キーを持っている人間がスタートボタンを押して一度エンジンを始動させれば、その後キーを持っている人間が車を離れたとしても、エンジンが切れることはないのだ。

田村は一度目の不在で、トランクを開けるのではなく、車のエンジンを掛け、その状態のまま飲み会に戻り、安東にキーを返す。

その後、田村は掛かってきた電話に出たフリをしていたが、もちろん相手の声は田村しか確認していない。なので、スマホに着信音をアラーム設定しておいて、電話が掛かってきたように偽装することもできる。その上で仕事の電話に対応する一人芝居をして、席を外す。

一度目の不在と二度目の不在の間は十分ぐらいだし、それぐらいの時間なら車のエンジンを掛けっぱなしにしておいても、アイドリングをしていると思われて不自然ではないだろう。

二度目の退席の時、田村は最初、仕事をするため、安東に他の部屋を貸してくれと言っていた。しかし実は、今まで何度か安東の自宅で飲み会をした経験から、他人にプライベートスペースに立ち入られることを嫌う安東がそれを断ること、そして数年前に三宅がそうしたように、エントランスの共用部で仕事をするように提案されることを予測していた。

そうして田村は誰にも不信感をもたれることなく席を外し、キーを持たずにエンジンが掛かったままの安東の車を運転して自宅に戻る。

キーはなくても車内からならトランクを開けることはできるし、自宅で田村は亜紀を安東の車のトランクに積み込んだのだ。

その後、安東のマンションに帰った田村は、そこでようやく車のエンジンを切り、何食わぬ顔で飲み会に戻る。

安東のマンションから田村の自宅までは、車で片道十分足らずだから、二十分の不在でもこれは時間的に十分可能だ。

あの日飲み会で、盗んだ現金を掘り起こした後、田村は実家の整理のために一人だけ残ると言っていた。だから掘った穴は埋めなくていいと。

田村以外の三人は、午前中に引き上げる予定だったし、シャベル等の道具は田村が用意していた。大した荷物のないみんなが、トランクを使うことはないと田村は判断したのだろう。

その上で田村は、実家に着いたら、みんなの目を盗んで亜紀の遺体を安東の車からどこかに移動させ、みんなが帰った後で亜紀の遺体をその穴に埋めるつもりだったのだ。

もしかしたら、行きの車中で、車酔いで体調不良だと言っていたのも芝居で、実家に着いてから単独行動をするための布石だったのかもしれない。

田村は掘り出した現金を支払いに充てるため、その日の晩には香港に行くと言っていた。香港の予定は重要な用件で、延期ができなかったのだろう。その前日に思いがけず亜紀を殺害してしまった田村は、その遺体の処分に困り、やむをえず安東の車と金を掘り出した穴を利用しようとしたのだ。

田村は免停中だ。長時間、亜紀の遺体を積んだ車を、自分で運転するのはリスクが高すぎる。検問にでもあえば、一発で事件が発覚する。

確かに、自宅から安東の家まで、亜紀の遺体を積んだ車を運転するのにも、自分では運転しないにしろ、安東の車に亜紀の遺体を積んで移動するのにも、リスクはともなう。しかし、時間の余裕のない田村は、両者を天秤に掛けて、後者を選んだのだ。

それに、思い返してみたら、田村は飲み会の時、二回目の中座から戻るまでほとんど飲んでいなかった。一本目のビールを飲み干したのは、二回目の中座から戻った直後だ。これは普段の田村の飲みっぷりから考えると、かなり不自然である。

おそらく田村は車の運転を考えて、缶に口をつけるフリをして全く飲んでいなかったのだろう。

「そして何が起こったかまるで分からないまま、体中の激痛に耐えて横倒しになった車のトランクから這い出すと、そこには普通は絶対に曲がらない方向に首を曲げた小松さんが死んでいました。

ああ、確かに白目をむいて口から舌を出した小松さんは短髪でした。そして私は上から降ってきた土砂に覆われて、そのまま気を失った――、と言うより死亡したんです」

言いながらその場面を思い出したのか、亜紀は蔑《さげす》むような目付きで小松を見る。

とてもさっきまでの亜紀と、同一人物とは思えない。

「そして私も死神に、小松さんの言ったように、死んだ母親の姿をした死神に会ってリセットが設定されました。

死神は私にも、自分の姿は今回の事故で死んだ人間に、医師、亡くなった両親、警察関係者、老人に見えていると説明しました。私が見た死神は母親です。小松さんたちと違って、私には一瞬でリセットが設定されている人間は、自分以外に四人いることが分かりました。

でも、私には小松さん以外の誰が、事故で死亡したのか分かりません。おそらく悟士も死んだだろうと思ったけど、それも確実じゃありません。事故を起こした車は悟士のじゃなくて、見たことない車でしたからね。

そこからは本当に辛かったです。私は二十四日までは、絶対に生き延びなければいけない。そのためには、できるだけ早くリセットが設定されている人間を探し出して、全員を皆殺しにする必要がありました。

よっぽど小松さんに連絡しようかと思ったけど、そんな事実はリセット前にはありません。そんなことをすれば、他のリセットメンバーが誰かを口を割らせるどころか、小松さんの疑いを招いて、やぶ蛇になりかねません。

焦りながらも何もできないでいた次の日、悟士から会いたいから家に来てほしいと電話が掛かってきました。

私は文字どおり躍り上がりました。そんな事実はリセット前になかったし、ということは悟士にリセットが設定されているのは、ほぼ確実です」

「田村の用事は何だったんだ？」

小松は久しぶりに声を出す。喉の奥が粘っこい。

「悟士は私にリセットが設定されていることを知りません。そりゃそうです。リセットが設定されているのは、事故で死んだ人間だけ。悟士はその前に、自分が私を殺したと思い込んでるんですから。

その上で、リセット前に自分がしたことを反省したのか、自分は今から遠いところにしばらく旅行に行く、これは自分には必要ない金だからもらって欲しい、というようなわけの分からないことを言って、例の五百万円を渡してきたんです。

私、本当に笑っちゃいました。人を殺しておいて、それがなかったことになったと思って、自分が死ぬ前にその罪滅ぼしのつもりか、汚い五百万円を渡してきたんですよ。

冗談じゃないです。確かに私は悟士に絞め殺されはしなかったけど、事故のせいで殺されるのは変わりありません。

私はお腹を抱えて笑いながら、ポケットからナイフを取り出し、私がなぜ笑っているのか理解できずにキョトンとしている悟士の胸を、大笑いしながら思いっきり突き刺してやりました」

亜紀はまるで楽しい思い出を語るように笑みを浮かべる。小松には返す言葉が見つからない。

「その後の話は、大体、小松さんの想像どおりです。

悟士のおかげで、私はリセット前とは違う状況におかれることになった。そうなれば私が今後、リセット前にない行動を取ったとしても不自然じゃありません。

なので他のリセットメンバーを探るため、悟士が自殺したと小松さんに連絡すると、小松さんは残りの二人を紹介してくれた。それでリセットが設定されたメンバーが確定したので、私は安東さん、三宅さんの順に殺害しました。

その順番に大した意味はありません。強いて言うなら、殺害してもしばらく発覚しなそうな安東さんを先に殺しただけ。安東さんは精神的に疲弊してるようだったし、自宅で殺害すれば引きこもってるとでも思われて、しばらくは発覚しないかという計算がありました。まあその予想は裏切られましたけどね。

でも安東さんの殺害に関しては、良い意味で裏切られたこともあります。小松さんがさっき段ボール箱で見つけた五百万円です。安東さんを殺害して、ふとテーブルの上を見たら、悟士の時と同じ紙袋がありました。もしやと思って、中をのぞいてみたら、悟士のと同様、五百万円が入ってます。その時の私には、なんでこんな所にこんな物があるのか、見当もつきませんでした。でも、安東さんにはもう使えないし、悟士のお金を持ち帰った時の小松さん達の態度からして、どうせろくでもないお金だろうと予想して、もらって帰りました。

私はもうすぐ死にますが、お金が必要なんです。まあその理由は、小松さんなんかには想像も付かないでしょうけどね。それにまさか、小松さんが女性の部屋を勝手に家捜しするような、下劣な人間だとは思いもしませんでしたから、そこから私の犯行が発覚するとは、考えてもみませんでした。

ああ、小松さんを最後にしたのは、情が移ってたからとかじゃないから誤解しないで下さい。私を信用していて一番扱いやすい小松さんを、最後に回しただけです。

それと悟士の死体の消失ですけど、小松さんの予想どおり、倉庫の冷凍庫に入れてあります。リセットが設定されたメンバーが次々に殺されていって、小松さんが最後の一人になった時、ニュースで死亡が報道されていない悟士のことを、実は生きているんじゃないかと疑う。そうすれば、小松さんはまず間違いなく、もう一度悟士の死体を確認しに行くはず。そう予想して、私がそこに隠しました。

ミステリ馬鹿の小松さんなら、テニスボールの一つでも転がしておけば、脈を止める方法にも思い当たるだろうと思ってね。

本当はもっと遠くに隠したかったけど、小松さんの言うように免許もない私には他に隠し場所がありませんでした。それは小松さんの予想が正しいです。

ですけど、せっかくですから、小松さんが予想もしていないことも教えてあげましょう。

あの冷凍庫は大型だったけど、人一人をそのまま入れるだけの余裕はありませんでした。だから悟士も、殺したと思った私の死体をそこに入れなかったんでしょう。

仕方ないので、時間はかかったけど、悟士の死体を浴室に引きずっていってそこで解体しました。

冷凍庫には、今も食用肉の隙間に、悟士のバラバラ死体が詰め込まれてますよ」

亜紀は言葉に似合わぬはにかんだような笑みを浮かべる。小松はさっきから何度も自問した問いを繰り返す。これは本当に亜紀なのか。

「さっき、僕のことを愛してると言ったのは、嘘なのか？」

「嘘に決まってるじゃないですか」亜紀は笑顔で即答する。「安心して睡眠薬入りのご飯を食べてもらうための方便です。

大体、常識で考えたら分かりません？　小松さんと私が初めて会ったのは、去年の六月ですよ。その後二、三回、安いご飯を食べさせられましたけど、最後に会ったのも、もう半年以上前です。

その後、ＳＮＳで気持ち悪い誘いのメッセージが何回か来たけど、その都度私は何だかんだと理由をつけて断ったじゃないですか。普通、それで自分が避けられていることぐらい分かるでしょ。

一回関係を持っただけで、彼氏気取りはやめて下さい。ちょっと気持ち悪いですよ」

「最初から全部嘘なのか。君とこの部屋で抱き合った時、君は初めてだと言った。あれも嘘なのか？」

「え？　そんなこと言ってません。当時、私は二十一歳ですよ。馬鹿にしてるんですか？　その年でバージンなわけないじゃないですか」

「いや、君はあの時、確かに初めてだって言った。そして僕の胸に顔を埋《うず》めて、涙をこらえていたじゃないか。あれは僕を騙すための芝居だったのか？」

小松の言葉に、亜紀はきょとんとした表情を浮かべるが、しばらくすると急に隣の部屋にも聞こえるぐらいの大声で、狂ったように笑い出す。笑いすぎたのか、目尻には涙まで浮かべている。

しかしがっちり握られた包丁の切っ先は、小松に向けられ微動だにしない。

ひとしきり笑った亜紀は、目尻の涙を指先で拭いながら言う。

「言いました、言いました。そういえば、そんなこともありましたね。でもそれは芝居じゃないし、そういう意味じゃありません。

小松さんがめちゃくちゃ下手クソなセックスを終えた後、自己満足に浸りながら、僕初めてだったんですー、とか気持ち悪いことを言い出したじゃないですか。

それに対して私は、こんな短いセックスは初めてですー、って意味で言ったんです。で、泣いてたんじゃありません。三十歳も超えてそんな気持ち悪い人間がいるってことに驚いて、肩を震わせて笑ってたんですよ。あれは傑作でした。今思い出しても、笑えます」

小松は自分の心が壊れていく音が聞こえるような気がした。立っていられるのさえ不思議である。

「そろそろ時間切れです。最後に一つだけ教えてあげましょう。

そもそも、私が何が何でも二十四日まで生き延びて、その誕生日を祝いたい人が誰か分かりますか？」

そんなことに、もはや興味はない。おそらく自分と二股を掛けて、亜紀が付き合っている彼氏か誰かなのだろう。いや、亜紀には二股という発想自体がなかったはずだ。

最初から小松の存在など、彼氏と認識していなかったのだから。

「何人殺してでも、いえ、世界中を敵に回してでも誕生日を祝いたい人間。もうすぐ死ぬ私にとって、唯一無二の絶対的な存在。

それは私の息子です」

「あ、亜紀ちゃん、子供がいるのか？」

小松は改めて衝撃を受ける。

亜紀に子供がいるなんて、想像もしていなかった。

しかし言われてみれば、年齢から考えてもあり得ないことではない。それに若い時に出産し、事情があり別れて暮らしている子供に、死ぬ前に最後に一度だけ会いたいと考えるのも当然だ。

またそうだとすると、残される幼い子供のために、安東の五百万円を持ち帰ったのも頷ける。

そう思っていた小松に、亜紀はさらに衝撃的な言葉を続ける。

「この子の誕生日を祝うためなら、私は何だってしてしまいます」

そう言って、亜紀は包丁を構えた手で自分の下腹部を愛おしそうにさすする。

どういうことだ？　まさか――

「やっと分かったんですか。

そう、私は妊娠してます。もともと太ってたし、普段からゆったりめの服を着てるから、ほとんど誰も気づかないけど、もう臨月ですよ。定期検診によると、この子は逆子で、帝王切開することが決まってます。その手術日が二月二十四日なんです。

私は自分にリセットが設定された時、自分が死んでも、この子だけは生き延びさせる。何があっても産んでみせると決心したんです」

亜紀が妊娠している――、確かに亜紀は身長は百五十センチほどだが、体重は八十キロは超えているだろう。小松にしてみればふくよかで可愛らしく感じていたが、一般的な基準からすれば、かなり太めである。妊娠に気づかれなくてもおかしくはない。

ということは、まさかその父親は――

「そうです。わずかですが、この子の父親が小松さんである確率もあります。

あんな下手くそなセックス一回で妊娠しないとは思いますが、タイミング的にはその可能性もあります。

私は自分が妊娠してると知った時、もうすでに堕胎できる時期は過ぎていました。正直焦りましたけど、そのことを誰にも言いませんでした。

父親は小松さんかもしれませんし、悟士かもしれません。それに正直なところ、父親候補は他にも二、三人います。でも、そのことを黙っていたとしても、悟士は結婚はおろか、自分の子供だとは絶対認めてくれない。悟士と私は付き合ってたわけじゃなくて、ただのセックスフレンドでしたから。

それならいっそ誰にも頼らず、母子二人で生きていこうと決意を固めたんです」

「僕は田村とは違う。どうして僕に言ってくれなかったんだ？」

「言ったらどうなったんです？　結婚してくれたんですか？　冗談じゃない。小松さん、自分の立場が分かってます？

何の取り柄もないフリーターの三十男が父親だなんて、この子だって恥ずかしいじゃないですか。こっちから願い下げですよ」

亜紀は話にならないとばかりに、吐き捨てる。

信じられない。亜紀は自分の子かもしれない子を妊娠していた。自分はそんな状況をまるで知らず、呑気に執筆に熱中していたのか。

「それに私には、もともと男女間の愛情というものがよく分かりません。父と母も私を可愛がってくれましたが、お互いはいつも、お金だ浮気だと喧嘩ばかりでした。母は死ぬ時でさえ、父と結婚したことを後悔してましたし、父も母の死後は寂しがるどころか、肩の荷が下りたとばかりに、おおっぴらに女遊びに励んでいます。だから私もそれを見習って、遊びで男の人とすることはあっても、心を許したことは今まで一度もありません。

私のミスは、あの日悟士の家に忘れ物を取りに行った時に、自分が妊娠してることを思わず言っちゃったことです。

私は認知してもらおうとも思ってないし、もちろん結婚して欲しいなんて思ってませんでした。そして養育費を要求する気もないと、はっきり言いました。

でも私の妊娠を知った小心者の悟士は、とっくにその時期は過ぎてるって言ってるのに、狼狽して堕《お》ろせの一点張りで話になりません。

そしてとうとう逆上して、私の首を絞めてきました。

その結果、その時は死ぬことはなかったけど、リセットが設定されて私の寿命は数日になってしまいました。でもこの子にリセットは、設定されていません。そのことは死神の『人間の寿命を、人間が母胎から出てきた瞬間から、心停止するまでの時間と、その間に心臓が刻む心拍数とで関連づけて、その総数で管理している』という言葉からも明らかです。死神は私にも、その説明をしてくれました。

ということは、この子を産むまで私が生き延びれば、この子は無事に生きていけます。

もちろん、私は自分の寿命が確定した時点で、何とか手術日を前倒しにしてもらえないかと産院に相談しました。

しかし私の通っている産院は、母子の健康に関わるようなよっぽどの事情がない限り、決定した手術日は変更してくれません。

本当は母子の健康どころか、その命に関わる事情があるんだけど、私はそれを説明できません。そんなこと説明しても、頭がおかしくなったと思われるだけで、手術日は早めてもらえません。

だから私は何があっても、手術日まで生き延びなきゃならないんです。

男女間の愛情なんて、まやかしです。単なる快楽を求めるための、理由付けです。でも母親が子供を思う気持ちは違います。私は心からこの子を愛しています。こんな感情が自分にあったなんて、妊娠して初めて知りました。

私はどれだけ人を殺しても、どれだけ自分の手が血に塗《まみ》れても、生き延びてこの子を産まなければいけない。この子は私がこの世に生まれてきた証《あかし》です。この子のためなら、私は何でもできます。

ところで、小松さんは何も武器を持ってないんですか？」

言われて小松は、初めてナイフの存在を思い出した。ポケットの上からその膨らみに触れる。

「やっぱり何か持ってるみたいですね。結局、小松さんは私のことなんか、信じちゃいないんですね」

亜紀はわざとらしく悲しそうな顔をする。

「いいですよ。身の危険を感じていた小松さんなら、当然のことです。

気にせず出して下さい。それで好きなだけ抵抗してもらって構いません。

でも小松さんがどれだけ抵抗しようと、私は必ず小松さんを殺します。小松さんが襲いかかってきても、私は小松さんレベルの人間には絶対に負けない。私にはその理由があります」

亜紀は包丁を両手で握り直す。亜紀の瞳はどこまでも澄んでいて、強靭な意志が宿っている。その目は殺人者のそれではない。必死に子供を守ろうとする、母親の目であった。

――かなうわけない。

体力に自信はないとはいうものの、小松は男性で亜紀は小柄な女性だ。しかしそんなことは関係なく、覚悟が違う。小松はたとえ自分が亜紀と争ったとしても、とても勝てる気がしなかった。

それに、お腹の子が自分の子である可能性がわずかでもあるなら、亜紀を傷つけることなど、自分にはできるわけがない。

もういい、無価値な自分には、生きている意味なんかない。そうは思う一方で、亜紀の話を聞くにつれ、小松はどうしても諦めきれない一抹の未練を感じていた。

「亜紀ちゃん、聞いてくれ」

小松は迷いながらも口を開く。

「正直、僕は君の言うように、生きる価値のない人間だ。君に軽蔑されるのも当然かもしれない。

それにどちらにしろ、もうすぐ死ぬんだから、一時でも本当に心から愛した君のために、その君が愛する子供のために死んでもいい。もしかしたら、その子は僕の子かもしれないんだから、その子を産むために君に殺されても構わない。信じてくれないかもしれないが、これは僕の本心だ。

でも僕は僕なりに、今まで全てを犠牲にして懸命に小説を書いてきた。せめて僕の最後の仕事であるこの小説が完成するまで、僕を殺すのを待ってくれないか」

「どれぐらいですか?」

「二日、いや一日、いや、それが無理なら、明日の朝まででもいい。それだけ時間をもらえたら、死ぬ気で何とか完成させる。多少、粗くはなるだろうが、それぐらいは我慢する。僕が一番の目標としてきた新人賞は、メールでの応募も受け付けている。完成させた原稿をメールで送らせてもらえれば、僕には本当に思い残すことはない。

今、僕の頭の中にあるものをまとめられたら、今までのものとは、まるで違う出来になる。一週間前にタイムリープして、殺人により寿命のやり取りができるという特殊設定、そして作者が視点人物であるというメタミステリ。

それだけじゃない。今さっき思い付いた設定をラストシーンに組み込めば、最終的な結論を書かずに、最後にどうなるかを読者の判断に委《ゆだ》ねる、リドルストーリーの要素も取り入れた斬新な小説になる。それさえ完成させたら、僕は喜んで君と子供のために死んでいける。

頼む、明日の朝まで待ってくれ」

「無理です」

亜紀はにべもなく即答する。

「もうすでに時間いっぱい。手術時刻から考えて、とてもじゃないけどそんな余裕はありません。小松さんには、今すぐ死んでもらいます。

いえ、もし仮に余裕があったとしても、小松さんの小説は完成させません。

どうしても嫌だというなら、自分の子かもしれない赤ちゃんごと、私を殺したらいいじゃないですか。そうすれば、私と私が殺した全員の余命が小松さんに合算されて、小松さんは二十四日まで生きられます。ゴミのような小説も余裕で完成させられますよ」

「そんなこと、とてもできない。でも亜紀ちゃんは、僕の小説を褒めてくれたじゃないか。もしかして、あれも嘘なのか？」

もういい、聞きたくない。これ以上聞いても、何もいいことはない。心ではそう思うものの、意に反して小松の口が動く。

「小松さん、しっかりして下さいよ、困った人ですねぇ。社交辞令に決まってるでしょ。もともと小松さんに会ったのも、悟士の友達にミステリ作家志望者がいると聞いて、暇つぶしに会おうと思っただけです。

なので一応のマナーとして、たまたまミス研の部室の片隅に捨てられてた文庫本に載っていた小松さんの短編小説を読んでみましたけど、本当に時間の無駄でした。

二人の大学生が居酒屋でダラダラ飲みながら、日常の謎について語り合う。そんなありきたりな設定で傑作が書けるのは、よっぽど才能のある人間だけですよ。

小松さんの小説は山場もなくて盛り上がりに欠ける上、メイントリックといえるようなトリックはないし、人物描写も中学生レベル。もはや小説とすらいえない、ほとんどゴミです。あんなものをいい大人が真面目に書いたとは、とても信じられません。

あの時は適当に褒めましたけど、真に受けるなんて、どうかしてるんじゃないですか。

小松さんには、ミステリ作家としてのセンスがありません。そしてろくな人生経験もないから文章も薄っぺらい。つまり早い話が小松さんは、小説を書くのに向いてないんです。

それが証拠に、小松さんの小説なんて誰にも評価されてないから、大昔につまらない短編を一編だけ発表できただけで、いまだに何の新人賞も獲れてないじゃないですか。いいかげん自分に才能がないことぐらい、気づいて下さいよ。

十年もやって、そのことに気づかない愚鈍な感性は、小説家としてだけじゃなく人間としても致命的です。

小松さんの書く小説はくだらない。小松さんとの会話も死ぬほどくだらない。なのに小松さんはそのことに気づきもしない。それはつまり、小松さん自身が生産性の欠片《かけら》もない、くだらない人間だってことです」

その時、どこかでコン――、と小さな音が鳴った。

小松が力なく視線を向けると、足下に亜紀とお揃いで買ったキーホルダーのガラス玉が落ちている。

気づいていなかったが、先ほど拾って小松が今まで握りしめていたようだ。それが手から滑り落ち、フローリングの床に落下して音を立てたのだ。

しかしガラス玉が床に落下したほんの小さな音が、小松の耳には全ての終了を告げる合図のように聞こえた。

転がるガラス玉を、漫然《まんぜん》と見つめる。ついさっきまで小松にとって命の次に大切だった宝物は、今ではただのガラスの欠片に成り果てて、部屋の隅まで転がって動きを止めた。

もはや涙も流れない。最愛の人に罵倒され、自分の存在自体を否定された。いや自分がつまらない人間なのは、昔から自分でも薄々気づいていたのかもしれない。

それでも必死で、劣等感に苛《さいな》まれながらも、あるかないかも分からない自分の能力を信じて必死で、十年以上もミステリに打ち込んできた。いや、創作に費やした年月は十数年だが、思い返してみればそれだけではない。

小松は小さな頃から勉強もできなかったし、運動もできなかった。社交的でもなかったし、友達もほとんどいなかった。その自分を唯一幼い頃から支えてくれたのが、ミステリである。孤独な小松は小学生の頃から、ミステリをむさぼり読み、物語の世界で色々な経験をしてきた。時には涙し、時には興奮に心を震わせてきた。そしていつかは、自分もそんな物語を紡ぎ、自分のような孤独な人間を勇気づける作家になりたいと、それだけを目標に今まで生きてきた。自分にとってミステリは、唯一の生きる目的であり、人生そのものであった。

しかしあろうことか愛する人に、自分にとっては生まれて初めて心が通じたと思った人に、それを完全に否定された。自分の人生を根底から否定され、踏みつけにされた。

もはや自分には生きる気力も意味もない。せめて子供のために死んでいこう。

「何が小説ですか。この期に及んでそんなことを言える小松さんには、本当に驚きます。

大体、どうしてこうなったか、分かってるんですか？

もとはといえば小松さんたちが、小説家としての糧《かて》だとか、学生時代の思い出だとか言って、十年前にくだらない窃盗なんかを起こしたことが発端なんですよ。

何が完全犯罪ですか、何が誰にも迷惑を掛けないですか。

そのせいで私は事故に巻き込まれて死ぬことになったんです。小松さんたちの自己中心的で短絡的な行動のせいで、私は自分の子供も育てられずに、死ぬんですよ。その小松さんの小説のために、私が協力するわけないでしょ」

反論のしようもない。亜紀の言うとおり、全て自分のまいた種だ。

「さあ、寝言の時間はもう終わりで、そろそろ念仏の時間です。さっきも言いましたが抵抗したいなら、好きなだけ抵抗してもらってかまいません。どれだけ抵抗しようと、私は絶対に小松さんを殺します。悟士も死んだし、安東さんと三宅さんも死にました。小松さんも今から死ぬし、その後どうせ私もすぐに死にます。

結局、あの時車に乗っていた人間は、誰もいなくなる。でも誰もいなくなるわけじゃありません。

私の息子だけは、絶対に生き残らせてみせます。

そのために、私は私の全存在を掛けて、小松さんを抹殺します」

最後の決意を固めたのか、亜紀は一歩前に進み腰を落として、包丁を構え直す。

小松は冷たい光を放つ刃を見つめ、落ち着いた気分で長い息を吐く。

もうどうでもいい。もはやこの世に未練はない。こんな命は亜紀にくれてやる。小松は心の底からそう思った。

いや、そうじゃない。やはり諦めきれない。どれだけ罵《ののし》られようと、どれだけ踏みつけにされようと、自分の一生の目標をそんな簡単に、諦めることなんかできない。

「亜紀ちゃん、頼む。最後のお願いだ。もう明日の朝まで時間をくれとは言わない。

　君からすれば、くだらないことだろう。確かに君の、自分の子供を産むという目的に比べたら、小説なんかはつまらないことかもしれない。しかし僕には、これしかないんだ。今までこれに一生を捧げてきた。

　それに今回の小説は、間違いなく名作だ。僕の死んだ後で、亜紀ちゃんもこれを読んでくれれば、絶対この素晴らしさを分かってくれる。

　亜紀ちゃんも今すぐ僕を殺せば、二月二十四日の出産まで多少の余裕はあるだろう。

　確かに僕には創作の才能がないのかもしれない。しかし今回の小説は違う。この小説は、実際にあった出来事を羅列しただけだから、僕の能力のなさは露呈していない。

　だから亜紀ちゃん、お願いだ。

　僕は、もう命は惜しくない。今すぐ僕を殺してくれて構わない。でも頼むから僕の死後、亜紀ちゃんが最後の部分を加筆して、この小説を僕の名前で僕の目指している新人賞に応募してくれないか。

　現状では三宅との病院の場面の途中まで書き上げている。その後の状況も亜紀ちゃんには説明しているし、亜紀ちゃんの能力なら、僕が書き上げる以上の名作を完成させることができるはずだ」

　亜紀は冷ややかな表情で、小松の真剣な眼差《まなざ》しを受け止める。そして、大きく息を吐いた。

「分かりました、そこまで言うなら、書いてあげます。でも、そのためには、私が怪我をするわけにはいきません。

ポケットの武器を捨てて下さい。小松さんが抵抗しないなら、私が小説を書き上げて、小松さんの死後に小松さんの名前で、その新人賞に応募することを約束します」

それならば、もう自分に思い残すことはない。小松は肩の力を抜きかけて、しかし一瞬の後に再び考えを改める。

信用——できるのか。さっきまで小松の小説をゴミ扱いした亜紀の言葉を、自分は信用するのか。亜紀も言っていたように、亜紀がこんな状況に巻き込まれたのは、自分の小説のせいでもあるのだ。冷静に考えれば、貴重な寿命を使って亜紀が自らの犯行を告白するような小説を完成させてくれるとは、とても信じられない。単に小松の抵抗を封じるために、適当なことを言っているだけかもしれない。

いや、信用しなくても、自分には他に為《な》す術《すべ》はない。一生を捧げた小説を完成させるためとはいえ、自分の子を宿しているかもしれない亜紀を害することなど、できるわけもない。今できるのは、亜紀の慈悲にすがることだけだ。ナイフを捨てて亜紀に身を委ねよう。

——しかし次の瞬間、そう思いながらも、なぜか小松の身体は反応する。

創作にかけた十年、いや、それまでの人生全てがその背中を押したのか、小松は無意識にポケットからナイフを取り出し、それを捨てるどころか、鞘《さや》を払ってその切っ先を冷静に亜紀に向けた。

そして――、誰もいなくなるのか。

そして誰《だれ》もいなくなるのか

2024年9月20日　初版

著者
小松立人《こまつたひと》

装画
syo5

装幀
大岡喜直（next door design）

発行者
渋谷健太郎

発行所
株式会社東京創元社
〒162-0814　東京都新宿区新小川町1-5
03-3268-8231（代）
https://www.tsogen.co.jp

印刷
モリモト印刷

製本
加藤製本

ISBN978-4-488-02911-1　C0093

鮎川哲也賞

創意と情熱溢れる鮮烈な推理長編を募集します。未発表の長編推理小説（四〇〇字詰原稿用紙換算で三六〇〜六五〇枚）に限ります。正賞はコナン・ドイル像、賞金は印税全額です。受賞作は小社より刊行します。

創元ミステリ短編賞

斯界に新風を吹き込む推理短編の書き手の出現を熱望します。未発表の短編推理小説（四〇〇字詰原稿用紙換算で三〇〜一〇〇枚）に限ります。正賞は懐中時計、賞金は三〇万円です。受賞作は『紙魚の手帖』に掲載します。

注意事項（詳細は小社ホームページをご覧ください）

・原稿には必ず通し番号をつけてください。ワープロ原稿の場合は四〇字×四〇行で印字してください。
・別紙に応募作のタイトル、応募者の本名（ふりがな）、郵便番号、住所、電話番号、職業、生年月日を明記してください。また、ペンネームにもふりがなをお願いします。
・鮎川哲也賞は八〇〇字以内のシノプシスをつけてください。
・小社ホームページの応募フォームからのご応募も受け付けしております。
・商業出版の経歴がある方は、応募時のペンネームと別名義であっても応募者情報に必ず刊行歴をお書きください。
・結果通知は選考ごとに通過作のみにお送りします。メールでの通知をご希望の方は、アドレスをお書き添えください。
・選考に関するお問い合わせはご遠慮ください。
・応募原稿は返却いたしません。

宛先　〒一六二-〇八一四　東京都新宿区新小川町一-五　東京創元社編集部　各賞係